『銀河帝国への野望』

ダンの声が凜と響いた。室内には、しわぶきのひとつもない。
（142ページ参照）

ハヤカワ文庫JA

〈JA946〉

クラッシャージョウ⑤

銀河帝国への野望

高千穂　遙

ja

早川書房

6417

カバー／口絵／插絵　安彦良和

目次

銀河帝国への野望

第一章 銀河の栄光《ザ グローリー オブ ギャラクシー》

1

「距離、依然《いぜん》として一万。予定外の航行質量は皆無。怪しいやつなんて、どこにもいないわ」

空間表示立体スクリーンに着いているアルフィンから、三十数度めの報告がきた。報告は、最初のころの数度を除いて、すべて同じ言葉である。発進以来、まったく変わっていない。目的地、月《ルナ》の衛星軌道進入までは、あと七時間四十分あまりとなった。これまでのところ、なんの異常もみられない。順調な飛行をつづけている。

「退屈ですな」

アルフィンの正面、主操縦席のタロスが、独《ひと》り言《ごと》のようにつぶやいた。フランケンシュタインの怪物かと見まがうばかりの巨漢だ。傷だらけの風貌《ふうぼう》である。いまはシートに深く腰を沈めているが、立てば、その身長は二メートルを優に越す。肌は死人のそれのようにひどく青白い。病気などではない。常にそうだ。これがいつもの顔色である。

「まるで、何か起きたほうがいいみたいだ」

左どなりの副操縦席から、ジョウが声をかけた。タロスの独白《どくはく》に突っこみを入れた。

「面倒の始末は、早いほど楽です」

タロスはジョウの言葉にぼそぼそと応じた。冗談に冗談で返したつもりらしい。だが、笑う者はひとりもいない。アルフィンも、ジョウの背後、動力コントロールボックスの中にいるリッキーも、こわばった表情で口を固く閉じている。そもそもタロスにしろ、ジョウにしろ、口調が冗談の体《てい》をなしていない。生硬で抑揚に乏しい。

空気がよどんでいた。

ひどく重い。

ふだんはざっくばらんな雰囲気に満ち満ちている〈ミネルバ〉の主操縦室だ。しかし、いまは違う。気が張りつめている。鋭い緊張が、空間全体を冷たく支配している。

タロスとジョウの眼前、フロントウィンドウの上にメインスクリーンがある。そのスクリーンに、宇宙船が映っている。並列編隊を組んだ三隻《せき》の宇宙船だ。三百メートル級の船を、二隻の二百メートル級駆逐艦が左右からはさみこむような形で航行している。それぞれの船の距離はおよそ三千メートル。異常に近い。二隻の駆逐艦が中央の船に対して、文字どおり寄り添うように付き従っているという感じだ。駆逐艦の塗装マーキングは、間違いなく連合宇宙軍のそれである。ネイビーブルーの船体が、宇宙の闇に暗く溶けこみかけている。しかし、中央の船は、三百メートル級巡洋艦の改装型だが、連合宇宙軍所属の艦船ではない。塗色も駆逐艦とはっきり異なっている。銀色を主体に、赤い色の装飾を加えた華《はな》やかな船だ。象徴的な意味を持たせたデコレーティングがなされている。

〈銀河《ザ　グローリー》の栄光《オブ　ギャラクシー》〉。

それが、中央の船の名だ。ただし、一般的には頭文字をつづった略称――〈GG〉のほうがよく知られている。いかなるときでも〈GG〉に乗船できるただひとりの人、銀河連合第三代主席ド・テオギュールの名前を耳にしたことがなくても、その専用宇宙船〈GG〉の名を知らぬ者は、銀河系広しといえどもどこにもいない。

そして、これも周知のことであるが、〈GG〉は常に二隻の駆逐艦を護衛に従えている。

〈GG〉の両舷《りょうげん》に並んで併走している二隻がそれだ。が、ソルの第二惑星、金星《ヴェヌス》の基地から地球《テラ》の衛星、月《ルナ》のパラスポリス宇宙港へ向かおうとしているいまの〈GG〉の護衛体制は、慣例どおりではなかった。あと一隻の宇宙船が、一万キロメートルの距離を隔てて、その後方にひっそりとついていた。

クラッシャージョウの〈ミネルバ〉である。

全長百メートル。最大幅五十メートル。地上での離着陸において滑走路を使用する水平型の万能タイプ宇宙船だ。フォルムの印象は航空機により近く、銀色の船体は、先細りに尖《とが》った先端から後方へと大きく広がり、翼を兼用するように設計されている。大気圏内飛行で宇宙空間並みの高い運動性を要求されたために生まれたデザインだ。垂直尾翼を二枚有し、そこに、ジョウの船を意味するデザイン文字の〝J〟が赤く描かれている。また、船体側面には青と黄色の流星マークがある。これは〈ミネルバ〉がクラッシャーの船であることを示すものだ。このクラスにしては大出力のビーム砲と多弾頭ミサイルを装備し、小型艇を二機と地上装甲車を搭載《とうさい》している。

「6A414に反響《エコー》がある」ジョウが言った。

「こいつはなんだ？」

「航路指標よ」アルフィンが即座に答えた。

「設置されたばかりでまだ作動していないけど、登録済み。データにも入っているわ」

「身許《みもと》保証人付きか」ジョウは小さく肩をすくめ、レーダーの集中走査の方向を他の宙域へと切り換えた。

「住所不定、無職なんてやつは、どこにもいない」

「俺《おい》らはどっちかというと、平穏無事が好きだなあ」

　ジョウの言葉に反発するように、リッキーが言った。丸いどんぐりまなこをいっそう丸くし、口を高く尖らせている。

「臆病風《おくびょうかぜ》に吹かれてるな」

　待ってましたとばかりにタロスが口をひらいた。

「んなんじゃねえよ」リッキーの頬が紅潮した。

「俺らはただ……」

「はいはい、いいったらいいの。弁解は要《い》らない」

　タロスの声が、一転して猫なで声になった。それまでの低い、威嚇《いかく》するような響きは、もうどこにもない。

「気が小さいやつは、誰だって怯《おび》えるんだ」

　馬鹿にしている。

「違うってんだろ！」

　リッキーは怒鳴った。目が三角になり、端が吊りあがった。

「けっ。どこが違うんだよ」

　タロスは言葉をつづけた。いかにもからかっているという感じの口調だ。

「てめえ！」

　リッキーが爆発する。

やっとはじめてくれた。

ジョウがやりとりを聞き、ほっと息を吐いた。

タロスとリッキーは、常に喧嘩《けんか》をしている。理由はひじょうに些細《ささい》だ。どんなものでもいい。何かきっかけがあれば、喧嘩の火蓋《ひぶた》を切る。身長二メートル余。五十歳をとうに越えるクラッシャー歴四十年の大ベテランで、おまけに全身の八割がサイボーグ化されているタロスと、身長一メートル四十センチ、クラッシャー歴三年のわずか十五歳にしかならないリッキーとの喧嘩である。勝負はやるまでもない。それでもふたりは、よるとさわると喧嘩をしている。世代差のギャップを埋めるためだ。これは、いわば両者の精神バランスをとるためのゲームのようなものである。勝敗や決着は関係ない。ただ喧嘩をするだけでいい。

しかし。

いくらそれなりの理由があるといっても、耳もとで頻繁《ひんぱん》に華々しい口喧嘩をやられたら、どんな人間でも我慢の限界に達する。当然、ジョウも耐えられない。いつもなら喧嘩開始後数分で怒髪天を衝《つ》き、タロスとリッキーを一喝《いっかつ》して喧嘩を中断させる。が、今回は違った。このかしましい喧嘩を歓迎した。

これで〈ミネルバ〉の空気がやわらぐ。

ジョウはそう思った。いつにない大役の重圧は予想以上に強かった。あのタロスでさえ、反応が硬い。若いリッキーやアルフィンとなれば、なおさらだ。もちろん、そのプレッシャーが、こんな他愛ない一騒動であっさり解消してしまうなどということはありえない。だが、多少はふだんの雰囲気に近づく。リラックスとまではいかなくても、常どおりのチームにわずかながらでも戻すことができる。

ジョウは心の裡《うち》でいま一度、大きく安堵《あんど》のため息をついた。

と、そのときである。

「ジョウ！」

アルフィンが叫んだ。

ジョウの密《ひそ》かな安堵を逆撫《さかな》でするようなタイミングだ。

「6A421に不明機の編隊が出現」

「出現？」

一瞬、ジョウはきょとんとなった。進入捕捉ではなく「出現」とアルフィンは言った。

意外な言葉だ。

「当該方向を集中走査」急ぎ、ジョウは命令を発した。

「状況を分析しろ」

メインスクリーンの映像を四面マルチに切った。可能ならば、不明機の機影を視認したい。

「わかったわ」アルフィンが大声をあげた。

「さっきの航路指標よ。あの中にひそんでいた。あの指標、ダミーだった」

「ひでえ」リッキーがわめいた。

「そんなの、アンフェアだよ」

「泣き言はあとだ」

ジョウが言った。両の手がコンソールデスクの上でめまぐるしく動く。

最初に、星間共通信号『貴船ノ所属ヲ明ラカニセヨ』を発信した。つぎにその返信を待ちながら、不明機の情報を収集、マルチ画面のひとつに表示させる。

三十メートル級円盤型宇宙戦闘艇が十二機。散開しつつある。塗色は黒。機体は小型だが、運動性能が高い。包囲され、波状攻撃を許すと〈ミネルバ〉は窮地に陥《おちい》る。ジョウは瞳を凝《こ》らして宇宙空間が映しだされているスクリーンを見つめた。闇の中に無数の星が燦《きらめ》いている。機影はない。高速移動する黒い機体を拡大映像の中で発見するのはほとんど不可能である。ジョウはレーダーのデータを読み、編隊の行動予測をコンピュータに求めた。

電子音が鳴る。

通信機からだ。返信待ちの規定時間が過ぎた。〈ミネルバ〉が発信した星間共通信号『貴船ノ所属ヲ明ラカニセヨ』は黙殺された。

敵対表明である。信号の黙殺は、銀河国際法でそのように判断される。宇宙戦闘艇の編隊は、〈ミネルバ〉の敵となった。

ジョウはこれを先行する〈GG〉とその護衛艦に伝え、不明機編隊との交戦開始を宣言した。〈ミネルバ〉が単独で戦う。護衛としての契約は、そのようになっている。二隻の駆逐艦をジョウの指揮下に組みこむことができれば、迎撃ははるかにたやすい。しかし、民間人による連合宇宙軍艦船の指揮は許可されていない。契約を履行《りこう》するには、ただ一隻で〈ミネルバ〉は十二機の戦闘艇編隊を相手にしなければならなかった。

「2B335に転針。加速六十パーセント！」

ジョウの鋭い指示がタロスに飛んだ。

2

〈ミネルバ〉のメインノズルが轟然《ごうぜん》と火を噴いた。

慣性航行から一気に加速状態へと移った。船体がまるで生ある物のように身震《みぶる》いする。六十パーセントは、こういうときの加速としては控えめなほうだ。まだ太陽系内にいるため、出力を絞っている。Gは慣性中和機構に吸収され、加速に伴う不快感はまったくない。

「宇宙戦闘艇、六方向に散開。二機ずつの編隊を維持。距離は四千三百キロ」

アルフィンの報告が操縦室に甲高《かんだか》く響いた。

ジョウはメインスクリーンを大小二面に切り直した。大画面に宇宙戦闘艇のレーダー映像、その左隅の小さな画面に〈GG〉の映像を入れた。

〈GG〉は直進をつづけている。護衛の駆逐艦も転針する気配がない。慣性航行のまま、あらたな加速もおこなっていない。正体不明の戦闘宇宙艇の存在を完全に無視している。

「距離四千キロ」

加速したことにより、〈ミネルバ〉と宇宙戦闘艇との距離がわずかに縮まった。宇宙戦闘艇の編隊は、〈GG〉の針路の前方にまわりこむようなコースで加速を続行している。明らかに〝敵意のある行動〟だ。〈ミネルバ〉の動きには反応していない。眼中にないのだろう。散開したのも、〈ミネルバ〉の転針に応じたのではなく、〈GG〉への攻撃フォーメーションの形成が、その目的だ。

むろん、ジョウはこの経過を予測していた。早い時点で〈ミネルバ〉を転針させたのも、そのためだ。敵を迎撃するポイントは、いったん散開した宇宙戦闘艇が〈GG〉と二隻の護衛艦を包囲し、ヒットアンドアウェイの波状攻撃に移ろうと収斂《しゅうれん》する、その直前にある。そこを狙うには、敵の航跡をさらに外側からトレースして後方から強引に突っこむのがいい。敵の意表を衝《つ》き、確実に攻撃を阻止できる。決め手は、瞬間的な猛加速だ。太陽系内であることは、ひとまず忘れる。

〈GG〉と宇宙戦闘艇との距離が詰まった。急速に近接した。

いまだ！

「9A811。加速百二十パーセント」

ジョウが口をひらいた。再度の転針と加速を指示した。

つぎの瞬間。

〈ミネルバ〉が変身する。獲物に躍《おど》りかかる猛禽《もうきん》となる。

みしり、と船体がきしんだ。慣性中和機構は、あっさりと音《ね》をあげた。すさまじいGがクラッシャーを襲う。強い圧力が四人の上体をシートに押しつけ、呼吸を止める。骨を砕こうとする。〈ミネルバ〉の構造材が悲鳴を発した。けたたましい金属音が耳を激しくつんざいた。

しかし。

ジョウの意識に濁りはない。あくまでも、明晰《めいせき》そのものだ。

すべては計算どおりである。一秒の狂いすらない。〈ミネルバ〉はジョウの指示そのままのコースで正確に宇宙空間を突き進む。シミュレーションでもこれほどにはうまくいかないと思われる動きだ。このまま推移すれば、予測値ちょうどに宇宙戦闘艇編隊に追いつき、撃破できる。それで、戦闘は確実に終わる。

「きょり……よんひゃく」

あえぐように、アルフィンがカウントした。必死でGの圧力に耐えている。

宇宙戦闘艇の編隊が〈GG〉の包囲を完了した。いまは攻撃の時間差をとるため、機体それぞれが独自の軌道で旋回行動に入っている。護衛の駆逐艦には依然としてなんの動きもない。どうやら積極的に対応する気はなさそうだ。すべてを〈ミネルバ〉に委《ゆだ》ねている。

「きょり、さん……びゃく」

アルフィンの声がひときわ弱々しくなった。タロスとジョウはこの強烈なGにこれだけ長時間さらされていても、シートに着いたままならば、通常の操作をとどこおりなくおこなうことができた。が、体力に劣るアルフィンとリッキーには、それができない。すでに疲労の極《きわ》みに達している。とくにアルフィンのからだは華奢《きゃしゃ》だ。失神していないのが不思議なくらいである。

リッキーもそうだが、アルフィンは生まれついてのクラッシャーではない。ほんの一年ほど前まで、この金髪碧眼《へきがん》のファッションモデルかムービースターのような美少女は、太陽系国家ピザンの王女として国民の敬愛を一身に集めていた。それが、自国で起きた叛乱をきっかけにジョウと知り合い、かれに強く惹《ひ》かれて〈ミネルバ〉に密航し、クラッシャーになってしまった。宮殿暮らしのお姫さまと、幼いころから厳しく鍛えられ、徹底的に訓練を受けてきた生《は》え抜きのクラッシャー。体力、技倆《ぎりょう》のレベルは較ぶべくもない。はっきりと違う。

「にひゃく……ごじゅう」

ジョウの手もとにミサイルとビーム砲のトリガーレバーが跳《は》ねるように起きあがってきた。両の手で、それをジョウはぐいと握る。すでにビーム砲の有効射程内に入った。ミサイルの誘導可能距離にはまだ届いていないが、攻撃は可能だ。

「二百でやるぞ」

タロスに向かい、ジョウが言った。タロスは小さくうなずき、もっときつくなる。しっかり我慢しな。

心の中でそうつぶやいた。息たえだえの状況に陥っているリッキーとアルフィンの身を案じてのことだ。この作戦では、距離二百キロでさらに加速を増す。リッキーとアルフィンが、そのGに耐えられるかどうかは微妙なところだ。しかし、加速を軽減することはできない。

「に……ひゃく」

ターニング・ポイントにきた。追跡から攻撃へと、この一瞬で〈ミネルバ〉の動きが変化する。

「加速一四〇！」

ジョウが叫んだ。叫ぶのと同時に歯をくいしばった。どかんというショックが全身を打った。何かに激突したような感じだ。その衝撃をジョウは筋肉で弾き返し、レーザー砲のトリガーボタンを力いっぱい絞った。

糸のような光条が、闇を鋭く切り裂く。膨大なエネルギーを有した光の刃が空間を薙《な》ぐように燦き、ほとばしる。

爆発した。一瞬の出来事だ。宇宙戦闘艇が二機、火球となった。

「3E998。加速一四〇を維持！」

ジョウの声がつづく。

のしかかるようなGが、あらたに加わった。頭、手、足がべつべつの方向にひっぱられていく。筋肉がそれに抗した。ぎりぎりと音が響いた。

宇宙戦闘艇の機影が、見る間に近くなる。メインスクリーンいっぱいにその輪郭《りんかく》が広がり、その周囲は警報表示で真っ赤に染まっている。

距離のカウントがこない。アルフィンが沈黙した。気絶したらしい。

ジョウはスクリーンに映しだされたデータで、距離を読んだ。射程内だ。ほとんど反射的に、左の指がミサイル発射ボタンを押す。〈ミネルバ〉の両舷側の一部が三角形にひらき、そこから五連のミサイルが炎の尾を引き、いっせいに飛びだした。

十基のミサイルが〈ミネルバ〉を離れる。標的に迫る。弾頭が分裂した。五つに分かれ、五十発の弾頭となった。それが四機の宇宙戦闘艇を直撃する。

炎の赤い花が、宇宙に咲いた。弾頭は四機を捉えた。

残るは六機。

だが、その六機は〈ミネルバ〉の選んだ針路とは逆の方向にまわりこんでいて、射程内からわずかに外れている。しかも、両者の間には未だ加速も転針もせず、悠然《ゆうぜん》と慣性航行をつづけている〈GG〉とその護衛艦がいる。

「ふざけやがって」

ジョウは悪態をついた。タロスに向き直る。

「加速現状のまま、2C192に転針。接近してミサイルで攻撃しろ」

「てえことは？」

「俺が〈ファイター1〉ででる」

ジョウは強く言い放った。〈ファイター1〉は〈ミネルバ〉の小型搭載艇だ。全長はわずかに十メートル。武器も低出力ビーム砲と小型ミサイルくらいしかないが、宇宙戦闘艇あたりが相手なら、ひけをとることはない。

ジョウはセーフティロックを解除し、シートから脱けだした。からだが重い。〈ミネルバ〉の高加速がつづいている。ジョウはほとんど四つん這《ば》いになって通路を進んだ。途中で、意識を失ったアルフィンとリッキーが、ぐったりとコンソールに突っ伏しているのが見えた。ジョウはアルフィンの着くシートの背を倒し、彼女を仰向けに寝かせた。こうすれば内臓障害だけは防ぐことができる。

ジョウは操縦室後部の扉をあけ、声をかけた。

「ドンゴ」

「キャハ？」

電子音ともつかぬおかしな返答とともに、きりきりと甲高いノイズを響かせてドンゴがあらわれた。身長一メートルほどのロボットだ。ボディは細長い円筒形である。首のあたりに段があり、その上に卵を横にしたような頭がのっている。レンズ、メーター、端子《たんし》、ランプが、まるで顔の造作のように配置された頭部だ。首は自由に伸ばすことができ、最大伸長時は身長が二メートルにも及ぶ。腕の形状は人間のそれに近い。ボディ脇から二本、長く突きだしている。指は三本。足はない。かわりに車輪とキャタピラがボディ下面に装備されている。これは状況に応じて使い分ける。車輪走行の場合、平地であれば最高時速は百キロに達する。荒地ではキャタピラ走行。このときの最高速度は三十キロとなる。いまは重力方向が不安定になっているため、キャタピラで動きまわっている。

「ドンゴ、リッキーがのびた。かわりに動力に入ってくれ」

「キャハ、了解」

ジョウの言葉を聞き、ドンゴは即座に反応した。

動力コントロールボックスの機能が停止しても、操作の一部は副操縦士で代行できる。また、副操縦士がいなくても、通常航行程度なら主操縦士のみで運行可能だ。基本的に〈ミネルバ〉は乗員ひとりでも操縦できるように設計されている。しかし、この加速でしかも戦闘状態となれば、話は違う。動力に人がいなければ、出力の変動に狂いが生じる。ケースによっては、事故につながりかねない。ロボットは、直感的行動では人に劣るが、基本操作に限ってならば、人間よりもはるかにすぐれた能力を有している。

ドンゴはリッキーを床に寝かし、予備のベルトでそのからだを固定した。それから動力コントロールボックスにもぐりこんだ。それをジョウは最後まで見届けて、操縦室をでた。通路を抜け、電磁エレベータと梯子《ラダー》で二階層下って、また狭い通路を抜けた。

格納庫があった。扉をくぐった。

〈ファイター1〉と〈ファイター2〉が格納庫に並んでいた。同型機だ。デルタ翼の小型機で、尾のないエイを思わせる形状をしている。塗色は白。機体後尾にメインロケットノズルがふたつある。そのほかにも、機体のそこかしこから姿勢制御や発進補助用の小さなノズルがいくつも突きでている。

ジョウは〈ファイター1〉に歩み寄り、乗船ハッチをあけてその機内に入った。操縦席に着き、キーを指先で叩く。〈ミネルバ〉下面の格納ハッチがゆっくりとひらいた。

ジョウは補助ノズルを軽く噴射し、〈ファイター1〉を移動させた。機体が、するりと〈ミネルバ〉の腹から宇宙空間へと躍りでた。

メインノズルに点火。

〈ファイター1〉は弾かれるように加速し、航行を開始した。

3

標的を設定した。

〈GG〉の左舷側から正面にまわりこもうとしている二機がいる。こいつらだ。残りの四機は〈ミネルバ〉にまかせる。ジョウは、そう決めた。

〈ファイター1〉は護衛駆逐艦の左舷ぎりぎりをすりぬけ、いまにも攻撃を開始しようとしている二機の眼前に飛びだした。

と同時に、ミサイル発射。さらにビーム砲の乱射で攻撃の出鼻をくじく。

目論見《もくろみ》は効を奏した。

一方。

〈GG〉の右舷側を抜けて四機の前方に突入した〈ミネルバ〉も、ミサイルとビームの嵐を宇宙戦闘艇めがけ、華々《はなばな》しくふりまいていた。ヒットアンドアウェイを信条とする

J
FIGHTER1

宇宙戦闘艇の武器は、すべて射程の短い小火器である。敵が攻撃を開始する直前に叩くという綱渡り的作戦は、それがゆえに立てられた。

戦闘は、一分足らずで終わった。〈ミネルバ〉に狙われた四機は、瞬時に拡散するガスへとその身を転じた。

〈ファイター1〉は一機を逃していた。ミサイル攻撃で爆発した宇宙戦闘艇は一機だけだった。あとの一機は巧みにミサイルを回避し、〈ファイター1〉に対して、反撃にでた。低出力ながらも間隔の短いパルスレーザーが、幾条も〈ファイター1〉をかすめた。

「ちいっ」

舌打ちし、ジョウは姿勢制御ノズルを全開にした。〈ファイター1〉が急反転する。つられて、そのあとを宇宙戦闘艇が追ってくる。

「素直だぜ」

ジョウはにやりと笑い、逆制動をかけた。機体底面の離着陸用ノズルだ。〈ファイター1〉は前方への加速を失し、横滑《よこすべ》りするように転針した。宇宙戦闘艇がそこにいる。のこのこと追尾してきて、〈ファイター1〉に後方をとられた。ジョウは、すかさずビーム砲のトリガーを引いた。

光条が宇宙戦闘艇のメインエンジンを貫通する。火球が大きく広がった。そして、即座に拡散した。

光が消える。闇が戻る。質量が消滅する。

十二機、全機撃墜。

「〈ミネルバ〉。こちら〈ファイター1〉」ジョウは通信機をオンにした。

「戦闘終了。当方に損傷なし」

「〈ミネルバ〉了解」すぐに、タロスの声が返ってきた。

「十万キロ四方に不明質量皆無。敵はすべて排除されています」

「オッケイ」ジョウはうなずいた。

「帰還する」

十五分後。〈ファイター1〉は〈ミネルバ〉にドッキングした。

操縦室に戻ると、手当てを受けて意識を回復していたリッキーとアルフィンがジョウを迎えた。タロスは操縦レバーを握り、スクリーンを凝視したまま、右手を軽く挙《あ》げた。

ジョウが副操縦席に着いた。再び、〈GG〉との距離を一万キロにとった。〈GG〉も護衛艦もついに戦闘の間じゅう、転針及び加速をおこなわなかった。それはもう、みごととしか言いようのない無関心さだ。自身の目的に完全に専念している。

その後、ルナのパラスポリス宇宙港に着陸するまで、襲撃は一度もなかった。

「クレイジーなほど優秀な成績だ」

アドキッセン中将は大げさな身振りで肩をすくめ、言った。内容は称賛だが、口調はむしろあきれはてているといったほうが近い。

パラスポリス宇宙港を統轄《とうかつ》する、ルナ第三四宇宙基地司令部の一室である。例によって必要以上に巨大なデスクが、連合宇宙軍、銀河連合、ルナ、太陽系国家ソルのそれぞれの旗を背景にでんといすわり、その前にいかにも高級そうなソファとテーブルが、およそバランスなぞ考慮されず、無造作に置かれている。どこに行ってもかわりばえのしない、基地司令官の執務室である。ただし、基地司令その人であるアドキッセン中将は自分の椅子にふんぞり返っていたりはしない。ソファにジョウ、タロス、リッキー、アルフィンをすわらせ、当人は立ったまま言葉を交わしている。

「ロボット操縦で、しかも小火器しか搭載していない宇宙戦闘艇です。この程度の成績は確保して当然だと思います」

ジョウは小さくかぶりを振り、答えた。謙遜《けんそん》ではない、本音である。

「そいつはノウだ」中将はジョウの言を否定した。

「実戦に即していないことを云々《うんぬん》するのなら、支援艦隊がいなかったこと、〈GG〉が回避行動をとらなかったこと、駆逐艦が反撃に加わらなかったことも見逃すわけにはいかなくなる。これらは、きみらにとって、マイナスのファクターだったはずだ」

「それはそうですが」

「これとほぼ同様の訓練を宇宙軍は定期的に実施している」中将はジョウの発言を制して、言葉を継いだ。「現在までに、これほど高い成績をおさめた艦長はいない」

そして、中将ははじめて自室に招いたクラッシャーの顔をぐるりと見まわし、

「稀有《けう》のことなのだ」

短くつけ加えた。

「合格できて、光栄です」

ジョウは言った。絶賛され、少し照れてしまったジョウには、それ以上の返答ができない。

「一方的にこんな試験を押しつけたことに関して、わたし個人は申し訳ないと思っている」

中将の口調があらたまり、トーンが低くなった。五十六歳。短く刈りあげた銀髪と、みごとな形状にととのえられた美しい口ひげの持ち主である。一部の隙もなく着こなした濃緑色の軍服が、宇宙軍きっての伊達男《だておとこ》という噂《うわさ》を裏づけている。背はさほど高くはないが、宇宙焼けした顔は精悍《せいかん》そのものだ。表情に人を強く惹《ひ》きつける魅力があふれている。

「きみたちを雇うように提案したのは、知ってのとおり、ド・テオギュール銀河連合主

席ご自身だ。直接のきっかけは、昨年、訪問先で巻きこまれた暴動事件だが、だからといって仰々しく宇宙軍の護衛を増やされることを好まれる主席閣下ではない。そこで、クラッシャーに護衛を依頼というのは、ごく自然な発想だったとわたしは思う。しかし、宇宙軍にしてみればこれほどの屈辱、そうはない。考えてもみたまえ、連合宇宙軍の統帥権を有する銀河連合主席が、連合宇宙軍の外に護衛の人材を求めたのだ。いかに合理的な理由があろうとも、現場の指揮官の間には不満、不快感が生じる」

「でしょうね」

ジョウは小さくあごを引いた。

「その結果、一部の将軍からでてきたのが、実力を見せろという意見だった。クラッシャーの戦闘護衛能力が連合宇宙軍艦長のそれを上回っているのなら、主席のご提案を受け入れようと、かれらは言いだした。いささか身勝手な主張だが、それなりに筋は通っている。気持ちもわかる」

しばし言葉を切り、中将はワインのグラスを手にして、喉《のど》をうるおした。

「テストの課題を設定したのは、わたしだ」言を継ぐ。

「ヴェヌスのジェネラル・ハヤタ衛星基地から、このルナのパラスポリス宇宙港まで〈GG〉を護衛する。単純でオーソドックスな任務だが、長時間の緊張を強《し》いられる十分に高度な課題だ」

「だけど、航路指標をすり替えておくなんてずるいよ」

リッキーが、遠慮なく口をはさんだ。中将はそれをとがめることなく、苦笑いして応じた。

「四年前。二一五七年のことだったな」静かに言った。

「ベルベラという麻薬を密売するシンジケートをテラで摘発《てきはつ》した。やつらは、航路指標をすり替え、その中に数トンにも及ぶベルベラを隠匿《いんとく》していた」

「………」

「航路指標のすり替えは、けっして絵空事《えそらごと》ではない。事実としてありうる」

「そうだったんだ」リッキーはぽりぽりと頭を掻《か》いた。

「すんません。俺ら、どうしようもなく無知なんです」

「謝ることはない」中将はにこやかな笑顔をつくった。

「疑問があれば、その場ですぐに尋ねる。はっきりとした解答を得る。これが連合宇宙軍の伝統だ」

中将は、いったんテーブルに戻していたワイングラスをまた手に把《と》った。

「というところで、どうだろう」グラスを眼前にかざした。

「みごとな成績で課題をクリヤーし、きたる銀河連合首脳会議で、主席の護衛という栄《は》えある大役を勝ちとったきみたちに、ここで乾杯をしたい。受けてもらえるかな？」

「喜んで！」

ジョウがソファから立ちあがった。タロス、アルフィン、リッキーも、それにつづいた。

「ならば、とっておきのシャンパンを提供しよう」

中将はテーブル脇のコンソールに左手を伸ばした。と、その動きを待っていたかのように、コンソールのスピーカーから電子音が流れた。中将はかすかに眉根をひそめ、レシーバーを握った。耳にあて、相手の声を聞く。

「おお、それはそれは」

強くうなずき、ジョウに向かって首をめぐらした。表情がやわらぎ、口もとが少しゆるんでいる。

「きみたちに通信が入った。クライアントからだ」

「クライアント？」

ジョウたちの怪訝《けげん》そうな表情を尻目に、中将はコンソールのスイッチをいくつか指先で弾いた。左奥の壁がスクリーンに変わり、そこに映像が大きく広がった。

映ったのは、人の顔だった。
六十四、五歳といったところだろうか。頭がすっかり禿《は》げあがり、あごの肉もややだぶつき気味の老人である。だが、老いたとはいえ、柔和なまなざしには断固とした意志が秘められている。肌も張りがあり、若者のそれのようにつやつやとしていて、若い。正面をまっすぐに見据え、薄く微笑んでいる。銀河系一の魅力を持つといわれた最高の笑顔だ。

ド・テオギュール。

銀河連合第三代主席その人である。

「くつろいでいるところを申し訳ないが、わたしとわたしの船を護衛してくれる人たちに一度会っておきたくてね」ド・テオギュールは言った。

「迷惑を承知で通信を入れさせてもらった」

「迷惑だなんて、とんでもない」

珍しく、ジョウが少しどぎまぎしている。

「報告によると、満点といっていい成績だったそうじゃないか」

「は、はい」

「うれしいことだ」ド・テオギュールは、満足そうに首を上下させた。

「推薦者としては、鼻が高い」

「恐れ入ります」

「強力な宇宙軍と優秀なクラッシャー。これ以上望めない警護陣を得て、わたしは強い至福と安心感を抱いている」ド・テオギュールは穏やかな目でジョウを見た。

「きみほどのクラッシャーだ。ミスタ・ジョウ。もうよくわかっていることだと思う。〈GG〉を護《まも》る。このことは、ただ単に船一隻、わたしひとりを護ることではない。〈GG〉を護るということは、真の意味で、銀《ザ》河《グローリー》の《オブ》栄光《ギャラクシー》を護ることだ。言うまでもないことだが、それでも、この機会を借りて、きみに伝えておこう。どうか、この一語を心に留めておいてほしい。銀河連合は、銀河の平和と利益を確保するための機関だ。〈GG〉は、その象徴として存在している。〈GG〉が侵されるときは、銀河の平和が侵されるときだ。わたしは、いや、われわれはみな、きみたちがなすであろうすばらしい働きに心から期待している」

「はい」

緊張で、答えるジョウの声がうわずり、かすれた。

「がんばってくれたまえ」

映像が消えた。スクリーンがブラックアウトした。

4

〈ミネルバ〉は木星《ユピテル》をめざしていた。

ルナのパラスポリス宇宙港をあとにして十四時間あまり。すでに褐色のガス状惑星は、

〈ミネルバ〉のフロントウィンドウの全面を、その巨大な姿で埋めつくすほどに大きく広がっている。

　赤道直径は、およそ十四万二千八百キロメートル。幾重《いくえ》にも惑星上層部を取り巻く黄土色を主体にしたガスの流れが窓外を不気味に染め、丸い大赤斑《はん》がまるで紅《くれない》の瞳のように〈ミネルバ〉を睥睨《へいげい》している。

「〈GG〉はここで、カリストに一万キロまで接近する軌道をとります」

　アルフィンが空間表示立体スクリーンに付属する表示パネルのデータを読み、言った。

　カリストは木星の二番目に大きい衛星で、直径は四千八百九十キロメートルあまり。ルナよりもふたまわりほど大きい。しかし、逆に密度は小さく、ほんの二十年ほど前までは、なんの役にも立ちそうにない衛星であると考えられていた。

　しかし、それももう昔語りとなった。

　惑星改造技術《テラフォーミング》の進歩が、すべてを変えた。

　二一一一年、宿願であったワープ機関の完成をきっかけに、人類は他恒星系への植民を開始した。ワープ機関によるワープ航法は、異次元空間という、いわばトンネルの近道を通り抜けるのにも似た移動手段である。これまでほぼ光速に近い速度で航行しても、何十年、何百年とかかった恒星間移動が、ワープ航法ならばほとんど瞬時にできる。太陽系において飽和状態にあった人類は、こぞって宇宙へ、銀河系全域へと飛びだした。

そして。

人類が居住可能な惑星は、数年を経ずして軒なみ地球の植民星となった。移住した人びとは、かれらがあとにした故郷、地球に倣《なら》って植民惑星全体を統治する国家を建設し、地球連邦から独立した。

しかし、人類の飽和状態はいっこうに解消されなかった。人類の増加には限りがない。それに対して、その居住に適した惑星はあまりにも少ない。いかに銀河系が広くても、地球型惑星がそうそうどこにでもあるわけではないのだ。植民者が耐えることで、砂漠の惑星や氷の惑星にも植民がおこなわれたが、それはしょせん焼け石に水であった。

その問題を解決したのが惑星開発技術の向上である。

極端なガス状惑星を除くほとんどすべての惑星が、人類の居住に適するようつぎつぎと改造されていった。ひとつの太陽系に十の惑星があれば、その八までは確実に改造できた。衛星も同じだ。サイズさえ十分なら、植民可能になった。

人類はこれまでに得た居住地域の何十倍、何百倍という空間をあらたに確保し、惑星単位であった国家は太陽系単位の国家となった。

いまでは、銀河連合に加盟している八千の国家はすべて太陽系国家である。地球連邦も例外ではない。太陽系国家ソル。それがいまの名称だ。

「カリストには、連合宇宙軍の上級士官学校があるんです」タロスがジョウに目を向け、説明した。

「学生たちが、銀河連合首脳会議出席のため太陽系国家ギランに向かう〈GG〉をぜひ見送りたいと希望したっていう話だそうで」

「ふうん」

ジョウは、納得できないといった表情で、小さくかぶりを振った。

「わざわざ軍の反対をねじ伏せてまで、俺たちを雇ったんだろ。それは、何かあるかもしれないという予兆《よちょう》があってのことじゃないのか。なのに、行動予定に、こんな寄り道を入れる。個人では無理でも、ちょいと気の利いた組織を持っていたら、ここぐらい〈GG〉を襲いやすいところはないぞ」

「だから、あたしたちを雇ったんですよ」タロスはにっと笑った。

「軍の反対をねじ伏せて」

「…………」

ジョウは肩をすくめた。さしものジョウも、タロスの経験には歯が立たない。九年前、引退するクラッシャーダンから頼まれ、まだ十歳のジョウをチーフとする〈ミネルバ〉にパイロットとして乗り組んで以来、タロスはジョウの補佐役をずうっとつとめている。

「要するに、こうやってわざわざひと月も前からコースの下見をして、準備万端の護衛プランをつくりあげているクラッシャーがいるから承認された行動予定表ってことなのね」

アルフィンが言った。

「こじつけくさいなあ」

ジョウは唇を尖らせた。

「いいんですよ。そう思ってるだけで気が楽になるから」

タロスはジョウの不満をあっさりと片づけた。いかにもクラッシャーらしい割りきった言である。

クラッシャーは、遊星や宇宙塵塊の破壊、惑星の改造、宇宙船の護衛、救助、惑星探査、危険物や重要物の輸送、捜索などを生業《なりわい》とする宇宙生活者だ。

宇宙開発の初期、二一二〇年ごろにクラッシャーは忽然《こつぜん》とあらわれた。壊し屋《クラッシャー》の名のとおり、植民者のために惑星を改造したり、航路に立ちはだかる遊星などを破壊し、除去したりするのがその主な仕事だった。身ひとつで宇宙に乗りだしていく植民者にとって、宇宙はあまりにも危険な場所だ。それがゆえに、かれらのような存在があらゆる場所、あらゆる機会に必要とされていた。

が、クラッシャーの地位はけっして高くなかった。世間では大多数の人間が、いまでもクラッシャーをならず者の集団とみなしている。もちろん、四十年をこえるクラッシャーの歴史の中にあっては、そう呼ばれてもやむを得ない時期がたしかにあった。そういう連中がクラッシャーを自称していた例も少なからずあった。しかし、いまは違う。現在のクラッシャーは絶対にならず者ではない。そのように組織され、厳格に統率されている。惑星改造技術の高度化、仕事の多様化に伴ってクラッシャーの質が淘汰《とうた》され、より優秀な者、より高い倫理観を備えた者だけが生き残ってきたからだ。非合法な行為に手を染めたクラッシャーは、クラッシャー自身によって処断される。それがこの時代のクラッシャーの掟《おきて》だ。二一五〇年代以降のクラッシャーは、専用に改造した宇宙船や武器、機械のたぐいをおのれの身体のごとく操り、通信、戦闘、探索、捜査などに高度な知識と能力を有した宇宙のエリートとなった。

木星周辺の下見が完了した。

「カリストに最接近した後、すぐに〈GG〉はユピテルから離脱する」アルフィンが言った。

「あとはソルの星域外にでて、ワープよ」

「そのままギラン到着か」

ジョウは星図でワープポイントを確認した。

「どうします？　そこまでやりますか？」

タロスが訊《き》いた。

「当然だ」

ジョウはきっぱりと答えた。未だならず者扱いされているクラッシャーに、銀河連合から惑星改造と航路整備以外の仕事の依頼があったのは、これがはじめてだ。しかも、〈GG〉の護衛という重大任務である。いわれのない差別を受けている百二十万人の現役クラッシャーのためにも、この大役は、完璧に遂行《すいこう》されなくてはならない。となれば、下見といえども徹底的にやる。手抜きは許されない。オーバーワークも、気にしてなどいられない。

海王星《ネプチューン》軌道を過ぎ、ソルの星域外にでた。ワープポイントに到達する。そこで〈ミネルバ〉は、太陽系国家ギランまで千八百光年のワープに入った。

銀河連合首脳会議は、銀河標準暦で四年に一度、定期的に開催されている。開催地は連合加盟国のまわりもちで、会議には全加盟国の元首及び銀河連合正副主席が必ず出席する。銀河連合の設立目的は一国家の利益に偏《かたよ》ることなく、全人類の繁栄と安全を守るところにある。会議ではこのために全首脳が一堂に会して、それぞれの国家的立場を主張し、討論をおこなう。銀河系でもっとも重要な会議だ。そう言って過言ではない。

二一六一年の開催国は、太陽系国家ギランである。ぎょしゃ座宙域にある共和国だ。主星ギランを中心に、めぐる惑星は十一個。それぞれの惑星は内側から、アドニス、イアソン、メディア、エレボス、オレステス、カリュドン、キルケ、メティス、コルキス、シレヌス、ニオベと名付けられている。政治体制は、総統を首長とする独裁型社会主義で、現総統はメイ・アレクサンドラという。四十二歳、美貌の女傑である。

ギランの首都は、第三惑星メディアにあった。北半球に広がる大陸、ユノーの東海岸に位置している、エリニュスという名のメガロポリスだ。人口はおよそ三百五十万人。首都によくある同心円状の形態をとらず、海岸に沿って帯状に広がった機能的な都市である。

会議は、そのエリニュスの市内中央にあるアレクサンドラ記念大ホールでひらかれる。開催まで残りひと月。ギランは八千人の国家元首を迎えるための準備で、お祭り騒ぎになっているという風評が流れていた。

〈ミネルバ〉は、ギラン星域の外縁にワープアウトした。

ジョウはさっそく星域内への進入許可をとった。ギランにおける〈GG〉の予定航行コースのチェックをおこなわなくてはならない。

「慣性航行でコルキスに向かうことになってるわ」

スクリーンを見ながら、アルフィンが言った。コルキスはギランの第九惑星だ。

「メディアじゃないのか？」

ジョウが短く訊いた。

「コルキスは惑星全体が、ギラン宇宙軍の基地になってるの」アルフィンは淡々と答えた。

「〈GG〉の護衛は連合宇宙軍が務めているけど、本来なら公海からギランの星域に入った時点で、護衛権はギラン宇宙軍に引き継がれなくてはいけない。国際法でそう定められているわ」

任意の太陽系において、最外縁をめぐる惑星の遠日点と太陽との距離に一千光秒（約三億キロ）を加えた長さを半径にして、太陽を中心に球を描く。その球の内側が、当該太陽系の星域だ。星域は国家の主権が及ぶ範囲のすべてである。星域内にあっては、いかに連合宇宙軍といえども、主権を有する政府の許可なく航行することはできない。もちろん、捜査権、護衛権も剝奪《はくだつ》される。〈GG〉とその護衛艦隊も、例外とはならない。

「つまり、護衛の交代をコルキスでやるっていうんだな」

「そういうこと」アルフィンがうなずいた。

「できる限り厳粛に、かつ華々しく」

少し皮肉っぽい物言いである。

「慣例どおり引き継ぎを星域外縁でやったんじゃ、一大セレモニーにはならないって思ったんだろう」タロスが言った。

「それで、わざわざ基地惑星の衛星軌道まできてもらうことにした」

「迷惑な話だぜ」

「〈ミネルバ〉と二隻の駆逐艦――〈トリスタン〉と〈イゾルデ〉を除く連合宇宙軍の全護衛艦隊が後方に退き、かわりにギラン宇宙軍の艦船がここで〈GG〉をぐるりと取り囲む。そういう段取りよ」

アルフィンがつづけた。

「なんでもやってもらうさ」ジョウは肩をすくめた。「俺たちの仕事に、影響はない」

5

ギラン宇宙軍と通信を交わした。

〈ミネルバ〉がコルキス衛星軌道を周回できるよう、許可を求めた。コルキスは軍事基地である。ギラン宇宙軍以外のいかなる艦船も、その衛星軌道の航行を認められていない。だが、事情が事情だけに、ギラン宇宙軍はあっさりとこれを了承した。

「記録のほうはどうします？」タロスが訊いた。

「映像データも保存しておきますか？」

航行中、〈ミネルバ〉は船外の映像をデータとしてコンピュータにプールしている。データは、通常百時間ほどで破棄される。タロスの質問は、そのデータをあとで分析するため、別途保存しておくかどうかということだった。特別に許可を得て侵入を許された軍事基地周辺の宙域である。その映像データとなれば、常よりも慎重に扱う必要があった。

「残しておこう」ジョウはためらわずに答えた。

「情報として、分析と検討は必ず必要になる。ギラン宇宙軍は不快に感じるかもしれないが、臨検を受けない限り、データ保存がばれる心配はない。銀河連合の派遣した宇宙船に臨検をかけるとは思えないから、露見はありえないと言っていいだろう。それに、向こうも対策をしている。映されて困るものがあれば、映像シールドを張っているはずだ」

「たしかに」

タロスはうなずいた。実際の話、かれも同意見であった。この大仕事を成功させるためには、強引な手も多少は要《い》る。

コルキスの衛星軌道を二周した。それで下見は終わった。〈ミネルバ〉はつぎに予定されているコースへと移動することにした。〈GG〉は、まだメディアに直行しない。コルキスのあとは、第五惑星オレステスに立ち寄る。

「今度はなんだ?」

寄り道に継ぐ寄り道で、ジョウはうんざりしていた。

「偉大なるギラン総統、メイ・アレクサンドラが銀河連合の主席をお出迎えするのよ」

　アルフィンが言った。

「うー」

　ジョウはうなる。

「オレステスにはメイ・アレクサンドラの別荘があるの。彼女は当日そこに滞在していて、総統専用宇宙船〈クレオパトラ〉で衛星軌道にあがる。すると、そこに〈GG〉がやってきて二隻は合流、艦首を並べてメディアに向かい、しずしずと進みだす。そういう演出ね」

「こういうのを外交儀礼というのなら」ジョウは鼻を鳴らした。「俺は金輪際、外交儀礼には立ち合わない」

「だらしのないリーダーねえ」アルフィンが言う。

「あたしなんか、ついこないだまで、それが日常だったのよ」

「ほお、そうかい」

「ほお、そおよ」

「どーせ、俺はがさつなクラッシャー育ち。そんなしきたりには馴染《なじ》めないね」

「いじけてるの？」

「いじけて悪いか」

「悪いわ」

「悪きゃ、ほっとけ！」

「なによ！」

「ふたりとも、あほなやりとりをしてるときじゃありませんよ」見かねて、タロスが割って入った。

「オレステスは、てえへんな惑星です」

「なんだと？」

ジョウは首をめぐらし、タロスを見た。

「衛星の数です。レーダーを見てください。大小とりまぜて、四十以上。小惑星帯の真ん中に浮かんでいるような惑星です」

「………………」

ジョウはスクリーンを凝視した。

「ギラン宇宙軍がどうするつもりかは知りませんが、悪意を持った連中がここにひそんでいたら、まず事前に察知することは不可能でしょう。ひとつひとつしらみつぶしにあたっても、発見は困難ですね」

「おまけに、いざというとき、艦隊を広く展開させることもむずかしい」

「そういうことです」

ジョウはオレステスとその衛星の軌道図をメインスクリーンに入れた。画面が幾十もの光点と、白い軌道表示線で埋まった。

「たはっ」

リッキーが驚きの声をあげた。こうやって具体的に示されると、そのすごさがはっきりとわかる。

「どうします？」

タロスが訊いた。

「とりあえず、〈GG〉の予定コースだけをトレースしよう。詳しいことは、あとで映像データを見ながら決める。情報が足りないときは、またここまでくればいい。この衛星全部をいちどきにチェックするのは無理だ」

「それしかないですね」

三時間ほど航行し、〈ミネルバ〉はオレステスに七十万キロまで接近した。スクリーンにもフロントウィンドウにも、淡く光る衛星が、いくつか燦《きらめ》いている。中には最大長が数キロほどしかない、岩のかけらのような衛星もある。それらを含めて、衛星の総数は四十八個であることが判明した。

「ここで1C494に転針、第三十二衛星コーラルを7B338に見るコースをとって前進」

アルフィンが予定コースをスクリーンに入れた。コーラルは最大長八キロ弱の衛星だ。いわゆる〝岩のかけら〟のひとつである。

「待て！」ジョウがあわてて言った。

「1C494に行くと、コーラルはほぼ真正面ってことになるぞ」

「当日は違うのよ」アルフィンが説明した。

「〈GG〉がきたときには、こういう相対位置になってるわ」

「しょうがないな」ジョウは頭を掻《か》いた。

「正式コースとはちょっとずれてしまうが、コーラルをかすめていこう。それしかない」

コーラルが近づいた。

「あら？」

アルフィンが声をあげた。

「どうした？」

「コーラルに金属反応がある」

「露頭でもあるんだろ。鉄か銅の」

「反応はKZ合金のそれよ」

「なに？」

ジョウは目を剝《む》いた。KZ合金は、主として宇宙船の外鈑《がいはん》に使われている黄金色の特殊合金である。天然の鉱床として存在する金属ではない。

「てえことは、宇宙船ですな」

タロスが言った。ジョウはメインスクリーンいっぱいにコーラルの映像を拡大した。影の部分で一瞬、何かがちかっと光った。

「人工光だ！」

スペクトル分析で、わかる。急ぎ、そこを中心に映像を再拡大した。暗い映像をコンピュータが自動修正する。

細長い物体が、とつぜん鮮明に浮かびあがった。

小型の宇宙艇だ。

均一な、無を思わせる暗黒の中に一機の小型宇宙艇がひっそりとたたずんでいる。岩塊にへばりついているような感じだ。全長は三十メートルほどだろうか。大型宇宙船の搭載艇、もしくは個人用シャトルクラスの機体である。細く鋭いシェイプの航空機タイプで、赤を主体にした塗装は、ギラン宇宙軍の公式カラーリングに酷似《こくじ》している。キャノピーは透明なティアドロップ型。その内側に人の姿がある。宇宙服をつけた三人の人物だ。ヘルメットはかぶっていない。だから、顔も識別できる。全員が男性だ。窮屈《きゅうくつ》そうに、シートにおさまっている。

宇宙艇は、傷を負っていた。

メインノズルが爆発したらしい。その部分が大きく裂けている。エンジンが格納されているとおぼしき場所も損傷がひどい。

事故による遭難機体だ。

「でも、救難信号がでてないわ」

アルフィンが不思議そうに言った。

「故障じゃないかな」タロスが応じた。

「爆発のショックで通信装置がいかれたんだ。ときどき起きる」

「とにかく救助しよう」

ジョウが言った。いまは状況をあれこれ詮索《せんさく》しているときではない。いかなるケースであっても、航宙法の定めで遭難救助は最優先となる。

と、タロスがコンソールを見て、怪訝《けげん》な表情をした。

「通信が入っている」

「え？」

ジョウが通信スクリーンをオンにした。しかし、スクリーンの映像は激しく乱れていて、何も映らない。電磁波か何かの影響であろう。音声だけがかすかなノイズ混じりで、ぼそぼそとスピーカーから流れだしてくる。

「接近中の船舶に告ぐ」やけにしわがれた、つくりもののような声だ。「救助作業は必要ない。すでに救助隊がこちらに向かいつつあるとの報を受けている。そのため、いったん救難信号をカットしたところだ。そちらのご好意には深く感謝するが、当方はこのまま救助隊の到着を待つ。貴船は先を急がれたい。現時点において、当方にはなんら支障なし。案ずることなく、航行をつづけていただきたい。そのように申し上げる」

「へ、助けは要らないって言ってやがる」

タロスが首を横に振った。

「へんな遭難艇」リッキーも首をひねった。

「なんか、こそこそ隠れてるみたいな雰囲気《ふんいき》がある」

「救援隊に連絡がついたところで、衛星のひとつに不時着したんじゃないのか」

「好意的に見ればね」

ジョウの意見に、リッキーは賛成しなかった。

「とはいえ、あれは間違いなくギラン宇宙軍の機体だ」タロスがあらためてマーキングを確認した。

「どうしましょう？」

ジョウに視線を向けた。

「言うとおりにするしかないな」ジョウは肩を小さくそびやかした。

「いくら腑《ふ》に落ちなくても、拒否されたんじゃ、手はだせない。ましてやギラン宇宙軍の船となれば、向こうの軍事機密にも関わってくる」

「てえことですか」

やむを得ないという結論が生じた。

ジョウは『貴艦ノ無事ヲ祈ル』という内容の星間共通信号を送り、転針、減速をおこなわず、遭難艇の希望どおり、その場を素通りした。

〈GG〉の行動予定コースの下見を続行する。

十数時間を費やして、オレステスからメディアまで〈GG〉の航行コースをすべてまわった。ギラン政府の積極的な協力もあり、作業は順調に進んだ。そして、メディアに到着し、下見スケジュールは完了した。〈ミネルバ〉は、再びソルへと戻る。収集したデータの分析は、テラでおこなわれる。

テラ到着までに、四人はあの奇妙な遭難艇のことを完全に忘れた。記憶から、ぽっかりと抜け落ちた。

6

〈ミネルバ〉はロサンゼルス宇宙港に着陸した。

北アメリカ大陸の西海岸、ロサンゼルスの沖合い百キロに浮かぶ海上宇宙港である。テラの衛星軌道でロサンゼルスの夜明けを待ったため、着いたのは早朝、それもかなり早い時間であった。

入国手続きを銀河連合発行の特別パスであっさりとすませ、すぐにホバークラフトに乗った。海を渡ってロサンゼルス港に上陸し、今度はタクシーに乗り換える。ハイウェイを走り、ダウンタウンで降りて市内に入った。投宿先のロサンゼルス・ゴールデンホテルにチェックインしたのはまだ昼前のことである。時間的に、極めて効率がよい。

クラッシャーがホテルに宿泊するのは、珍しいことであった。多くのクラッシャーは、どこに行っても自分たちの船に逗留《とうりゆう》する。ジョウたちも、ほとんどの場合、〈ミネルバ〉から外にでることはない。ただし、繋留《けいりゆう》中の宇宙船内居住を禁じている宇宙港もあるから、必ずというわけではない。そういうところでは、外部の宿泊施設に移動する。ロサンゼルス宇宙港は、宇宙船での居住を認めていた。いつもならば、そのまま〈ミネルバ〉に泊まりこむケースである。むろん、金に困ってそうしているわけではない。クラッシャーという、危険だが金になる商売をやっているのだ。金なら並みの人間よりもはるかに多く持っている。にもかかわらず、船内に留まるのは、〈ミネルバ〉にいるほうが圧倒的に落ち着くからだ。

十歳でクラッシャーになって九年、ジョウは一度も故郷のアラミスに帰ったことがない。クラッシャーは宇宙生活者である。星から星へと渡り歩き、仕事をこなしていくのがクラッシャーだ。アラミスに住まうのは、引退したクラッシャーとその家族だけである。現役のクラッシャーにとって、家とはかれが乗り組む宇宙船のことであり、家族とはそのチームメイトのことである。自分と一緒に移動する家があるのに、わざわざホテルに泊まる必要はない。だから、クラッシャーは自分の船に留まる。ホテルに投宿したりはしない。

しかし、今回は事情が違った。ゴールデンホテルを予約したのは、雇い主の銀河連合である。それも最上階にある六間つづきのVIPルームだ。おそらく一泊で何十万クレジットとする高価な部屋だろう。当然、支払うのは銀河連合である。料金だけなら、ジョウに払えない金額ではない。が、クラッシャー風情《ふぜい》にVIPルームを貸すホテルはどこにもない。せっかくVIPルームを用意してもらえたのだ。クラッシャー全体のステータスのためにも、ここは喜んで宿泊すべきであった。

「ひえっ。こいつはすごい！」

ボーイ三人に案内され、部屋に通されるなり、まずリッキーが感嘆の叫び声を発した。もっとも、あげたのはその歓声だけで、あとの言葉がつづかない。フランスロココ調の豪勢な家具調度。踏みこむと、ずうんとからだが沈んでいく手織りの絨毯《じゅうたん》。すべてが完全に自動化された最新のサービスシステム。どれをとっても、ため息以外にでるものはない。

　ジョウとタロスも、少しとまどっていた。驚嘆の色を隠すこともできない。しかし、平然とこの環境を受け入れているものが、ただひとりだけいた。

　アルフィンである。

「この程度の部屋、アルフィンは何度でも泊まっているんだろ？」

　ジョウが訊いた。かすかに語尾が震えているのは、いつものジョウらしくもないぶざまな有様である。

「あら、そんなことないわ」アルフィンは、にこやかに否定した。

「まだ五、六回くらいよ」

「うー」絶句していたリッキーがうなった。

「まだ五、六回だって」

「いけなかったかしら、だって」

「いけなかったかしら？」

　リッキーはさらにうなる。

「落ちこみリッキーなんて、いや！」

　アルフィンは、そんなリッキーを突き放す。

「いいかげんにしろ！」

ジョウがリッキーの頭を拳《こぶし》でこづいた。いくら豪華な部屋に圧倒されていても、いささかいじけがすぎる。リッキーはふてくされ、部屋の隅に行って膝を抱え、小さくうずくまった。

「クラッシュジャケットじゃ、ちょっとこの部屋の雰囲気にそぐわないわね」アルフィンが、かすかに小首をかしげて言った。長い金髪がふわりと肩から胸に流れ、ぞくっとするほど愛らしい。

「着替えを持ってきてないのが、惜しいわ」

「着替えなら、うんざりするほどあるはずだ」用心深く、部屋を隅々まで点検してきたタロスがリビングルームに戻ってきて、言った。

「銀河連合が用意すると言ってきたから、全員のサイズを教えておいた」

タロスはリビングの中央にあるテーブル脇のコンソールを一睨《ひとにら》みした。キーを打つ。すると、部屋の壁がつぎつぎと横にスライドした。扉だ。その向こう側はウォークインクローゼットになっている。

クローゼットの中は、さまざまな衣装で埋めつくされていた。

「へえ」

落ちこんでいたリッキーまでが立ってきて、まじまじとクローゼットの内部を覗きこむ。

「すっごーい」アルフィンも目を丸くした。

「こんなにあったら、目移りしちゃうわ」

「クラッシュジャケットには悪いけど」リッキーはもう、服を選びはじめている。

「やっぱりTPOには合わせなくっちゃ」

クラッシュジャケットは、クラッシャーのいわば制服である。つまり、作業着だ。上着と、ブーツと一体になった銀色のズボンとが組み合わされた特殊なウェアである。上着は色違いになっており、一チーム内でひとりひとりが異なる色のものを着用する。ジョウのチームでは、ジョウがブルー、リッキーがグリーン、アルフィンが赤、タロスが黒となっている。

しかし、クラッシュジャケットの特殊性は、そんなところにあるのではない。重要なのは、その機能だ。

クラッシュジャケットは、作業着でありながら、けっして安くはない。それどころか、ひじょうに高価だ。クラッシャーが命を張って稼いだ莫大な金をふんだんに使い、精密機械工業で名高いてんびん座宇宙域のドルロイの職人に特注してつくらせた最高級のユニフォームである。連合宇宙軍といえども、これほどの機能を備えた制服は有していない。

なによりも、防弾耐熱性能が桁違《けたちが》いに高い。そのため、ヘルメットをかぶり、それを衿《えり》で留めてチタニウム繊維でできた手袋をはめると、簡易宇宙服として使用できるほどだ。左袖口には小型通信機が装着してあり、上着に飾りのように取りつけてあるボタンはアートフラッシュと呼ばれる強酸化触媒ポリマーになっている。これをもぎとって投げると、発火して大きく燃えあがる。その炎の温度はKZ合金でも融かしてしまうレベルに達する。また、そのほかにも多くの武器や装置があちこちに隠されている。どちらかといえば、衣服と称するよりも、着用可能な武器と表現したほうが適切なアイテムだ。クラッシャーは、そういうものを常に身につけている。

四人はそれぞれの部屋を決め、いったん自分の寝室に散った。そこで、クラッシュジャケットを脱ぎ、気に入った部屋着に着替えた。そしてまた、六間つづきの中心の部屋、リビングルームへと集まった。

「なんだよ、そのひでえ趣味は」

リッキーがタロスを一瞥《いちべつ》し、その服をからかった。タロスが選んだのは、甚平《じんべえ》である。しかも、素足に雪駄《せった》を履《は》いている。

「これはゆったりとしていて、とても楽な服だ。俺は気に入ったぞ」

タロスは澄まし顔で、そう答えた。からかわれても、怒らない。よほど好みに合ったらしい。これでは、何を言っても張り合いがない。

「どっちもどっちじゃないかな」

背後からジョウが言った。

リッキーは、サロペットジーンズに赤黒チェックの半袖シャツを着ている。靴はプラスチック素材のスニーカーだ。

「よく似合ってるわ」ジョウのとなりで、アルフィンが笑いながらつけ加えた。

「でも結局、着替えたところで、この部屋に調和する服は選べないのね」

ジョウはジーンズに辛子《からし》色の七分袖トレーナー。それに茶色のワークブーツを身につけている。カジュアル以外の何ものでもない選択だ。アルフィンも、それは同じである。鮮やかなブルーに白の横じまのノースリーブTシャツとたまご色のボーイパンツ、それにサンダルをつっかけただけの、典型的なラフスタイルで、シックとか、ゴージャスといった雰囲気はどこにもない。とはいえ、すらりと伸びた足の白さは、いかにも目に眩《まぶ》しい。

ジョウは刺繡《ししゅう》で豪華に飾られた年代もののソファに腰をおろした。リッキーもタロスもリーダーに倣《なら》った。三人で、テーブルをぐるりと囲んだ。アルフィンひとりがソファにすわらない。ジョウのかたわらに立っている。

「どうした？　すわらないのか？」

ジョウが訊いた。

SNSP

「ううん、ここがいいの」

アルフィンは甘えた声をだした。

「ううん、ここがいいの」

「馬鹿!」

アルフィンの口調をまねたリッキーが、タロスにぶたれた。

「いてててて」

大仰《おおぎょう》に、リッキーは呻《うめ》く。

「さて」ジョウが正面に向き直った。

「コースデータの分析にとりかかろう」

「映像データですな」

タロスがテーブル脇のコンソールに腕を伸ばした。キーを打ち、〈ミネルバ〉のメインコンピュータを呼びだす。

テーブルの上に立体映像が浮かびあがった。録画したデータをもとに、コンピュータが再構築したシミュレーション映像である。

じっくりと分析を開始した。作業は真剣におこなわれた。いつもなら軽口や言い争いが絶えないジョウのチームのミーティングだが、きょうはまったく違う。

二時間ほど、検討がおこなわれた。ソル星域の分析が終わった。全コースの十分の一にも及んでいない。しかし、そこで全員の体力が尽きた。さすがに三十時間以上眠っていないから、集中力がつづかなくなった。ギラン星域のぶんは、翌日以降ということになり、ミーティングは打ち切りとなった。

四人はそれぞれの部屋に戻り、ベッドにもぐりこんだ。四人とも、あっという間に深い眠りへと落ちた。

第二章　深夜の惨劇

1

翌朝。

ジョウは、やわらかい音色だが、そのわりには神経に障《さわ》る電話の呼びだし音で安眠を破られた。

時計を見る。

午前五時だ。

「はい」

寝ぼけながらも、ジョウは通話スイッチをオンにした。ベッドの脇にしつらえられたコンソール付属の端末にはスクリーンがない。音声のみである。

「ミスタ・ジョウは、いらっしゃいますでしょうか？」

丁重だが、冷たい金属的な響きを含んだ声が訊いた。ホテルのフロントには、人間とアンドロイドがいる。夜間早朝勤務についているのは、アンドロイドのほうだろう。

「ジョウは俺だ」

ぶっきらぼうに、ジョウは答えた。頭が重い。

「お客様がおみえになっております」

「お客様？」

そんな予定はない。ましてや、この早朝である。予定があっても、拒否している。

「銀河連合のドルニエ参事官とおっしゃる方です」声がつづけた。

「緊急の用件だそうですが、そちらのほうにお通ししてよろしゅうございますでしょうか？」

「ドルニエ参事官ねえ」

知らない名である。しかし、〈GG〉の件ならば極秘扱いとなっているから、アドキッセン中将のように顔を知られた人物がわざわざホテルまで出向いてくるはずもない。それに、電話や通信でなく、参事官が直接やってきたということも、少し気になった。何か重要な用件が生じた可能性が高い。

「わかった」ジョウは了承した。

「十分後に通してくれ。部屋で待っている」

早い決断だった。睡眠不足もあって、ジョウは常よりも警戒心《けいかいしん》を欠いていた。

電話を室内通話に切り換え、あとの三人を起こした。

「なんです？」「なんだい？」「なによお？」

いっせいに呼びだしの理由を訊かれた。

「銀河連合の人がくる。クラッシュジャケットに着替えて、リビングルームに集合しろ。十分以内だ」

そして、不平の声が響き渡る直前、一方的に通話を切った。

十分後。

四人は目をしょぼつかせてリビングルームにいた。客は専用エレベータで、この部屋の入口正面に着く。四人は、口々にドルニエ参事官を呪《のろ》い、その登場を待った。

ノッカーがドアを打つ澄んだ音が、甲高く響いた。

「はいはい」

ジョウはコンソールのスイッチを押した。すうっ、となめらかな動きで、黒檀《こくたん》のドアが内側に向かってひらいた。誰何《すいか》も確認もしない。専用エレベータに乗ったということは、フロントのチェックを受けたということだ。不審者がドアをノックすることはない。

ドアがひらくのと、同時だった。

床を音荒く踏み鳴らし、何人もの男が、部屋の中へとなだれこんできた。

「なに？」

凝然《ぎょうぜん》として立ち尽くすジョウ。その眼前に、ぐいとレイガンの銃口が突きつけられた。

「警察だ」

レイガンを手にした黒いスーツの男が、ポケットから星形のバッジを取りだし、ジョウの眼前にかざした。

「どういうことだ？」

うなるように、ジョウが訊いた。

「うしろを向いて、壁に両手をつけ」

質問に答えはなかった。ジョウは突き飛ばされるようにして、壁にからだを押しつけられた。素早く動く手が、左右から身体検査をする。ジョウは横目でまわりを見た。侵入者は十人あまり。うち四人が身体検査にあたり、あとの六人は部屋を捜索している。アルフィンについているひとりだけが女性だ。

「なぜ、こんなマネをする？」

いま一度、ジョウは訊いた。怒りが隠せない。屈辱が体内を貫いている。肩を強い力でつかまれた。強引にジョウの上体をひねる。スプレーがアートフラッシュにかけられた。中和剤だ。これでアートフラッシュは発火しなくなる。

「殺人の容疑だ」

スプレーを噴霧しながら、男がぼそりと言った。抑揚のない、低い声だ。

「殺人？」

ジョウはきょとんとする。

「ああ」

男はうなずいた。

「ちょっと待て！」ジョウはあわてて叫んだ。

「何が殺人だ？　ドルニエ参事官はどこにいる。殺人なんて俺たちは知らないぞ」

「殺人はべつにして」男はにやりと笑った。

「ドルニエなんとかというやつのことは、俺も知らない」

「む」ジョウは小さくうなり、そして、はっとなった。

「そうか。ドアをあけさせるために官名を詐称《さしょう》したのか」

と言ったとたん。

あごに銃把《じゅうは》の一撃がきた。ジョウは跳ね飛ばされ、壁に激突した。口から生温かいものが流れる。血だ。

「人殺しが、きいたふうな口をきくんじゃねえ！」

男が一喝した。

「警部！」室内の捜索にあたっていた若い男がひとり、やってきて敬礼した。

「武器をいくつか押収しました」

「よし」

警部と呼ばれた黒いスーツの男は、手を挙げて全員をリビングルームに集めた。

「このくそゴミどもを、本署にしょっぴけ」

四人のクラッシャーを指差した。

異議を申し立てるどころではない。有無を言わさぬ高圧的な態度だ。

電磁手錠がかけられ、四人は追いたてられるように、ホテルの外へとだされた。早朝とはいえ、ロビーには何人かの客がいる。かれらがいっせいに、何ごとかとそのさまを見た。ジョウはくやしさと憤《いきどお》りで、歯を嚙み鳴らし、頰を赤く染めている。

レイガンを突きつけられ、武装を解除されていても、逃走が不可能というわけではない。サイボーグのタロスの左腕には、機関銃が仕込んである。それを使えば、一瞬にして形勢を逆転できる。もしも、包囲していたのが偽《にせ》警官だったら、タロスはとうにそれを用いていた。しかし、警官は間違いなく本物だった。となれば、うかつな行動にでて、事態をより悪化させることは避けなくてはならない。

どうせ勘違いによる冤罪《えんざい》だ。

ジョウは、そう思っていた。じきに疑いは晴れる。無実が証明される。

ホテルの玄関前にパトカーが五台、停まっていた。ジョウは、その先頭の車輛に押しこめられた。ホテルの支配人とおぼしき人物が、銀河連合の要請とはいえ、クラッシャー風情を泊めるのではなかったという悔恨の表情をあからさまに浮かべ、その様子を眺めている。

パトカーが発進した。

ロサンゼルス東署に着いた。

三階の取調室に連行された。白い小さな部屋だ。シンプルなデザインのプラスチックデスクと椅子《いす》以外、何もない。だが、そののっぺりとした壁の中には、最新の電子装置がぎっしりと詰めこまれている。それが、容疑者の挙措《きょそ》を余すことなく記録し、分析する。

取り調べはひとりずつおこなわれた。

机をはさんで刑事と容疑者が向かい合い、椅子に腰をおろして、ともにコードレスのレシーバーを付ける。

ジョウと向かい合ったのは、あの黒いスーツの警部であった。長身の痩《や》せた男だ。削《そ》ぎ落とされたように鋭角的な頬と、炯々《けいけい》と光る鋭い双眸《そうぼう》の持ち主だ。年齢は四十二、三といったところか。前髪が、ぱらりと額にかかっている。

警部はフェンネルと名乗った。

「クラッシャーを扱うのははじめてだ」と、フェンネル警部は言った。

「世間で言うほど、クラッシャーはやくざじゃないと聞いていた。だが、評判は誤っていたようだな」

「…………」

「なぜ、殺《や》った？」

　フェンネル警部は煙草を上着の内ポケットから取りだし、口にくわえた。メッキの剝げかけたジッポで火を点《つ》ける。紫煙がふわっと室内に広がった。

「殺るも何も」答えるジョウの声は常になく硬い。

「あんたの言ってることが、まるでわからない」

「とぼけるな！」

　フェンネルは平手でデスクの天板を打った。声が凜《りん》と響く。ジョウは、わざとらしく左耳に指を突っこみ、そっぽを向いた。右耳はレシーバーでふさがっている。このレシーバーは、外部から弁護士の助言を受けるためのものだ。他方、フェンネル警部のレシーバーは、壁の内側に隠された嘘発見器などの各種電子装置から送られてくる情報を受信している。フェンネル警部は、それを参考にして、質問を発し、容疑者を追いつめていく。だが、ジョウはまだ弁護士に連絡をとっていなかった。

「とぼけてなどいない」ジョウは平静を保ち、淡々と答えた。

「俺が弁護士を呼んでいないことでも、それは明らかだ。なぜ逮捕されたのか、その理由が俺にはわかっていない。わかっていない以上、誰にも相談のしようがない。だから、弁護士への連絡を保留した」

「ほお」フェンネル警部の目が、ジョウを見下すように細くなった。

「クラッシャーは、おもしろい理論をひねりだしてくる」

ジョウの顔に煙草の煙を吹きかけた。

「よかろう」一拍、間を置いた。煙草を処理ポッドに投げ入れた。

「道化《どうけ》になって、最初から話してやろう」

フェンネル警部は、その日の未明に通報のあった殺人事件について、低い声で語りはじめた。

それは、要約すると、つぎのような内容であった。

2

記録では、午前四時を少しまわったころになっていた。

ひとりの男がロサンゼルス警察二四分署へ電話をかけてきた。男は興奮した口調で、殺人を目撃したと言った。

パトカーが現場に急行した。

被害者は老人だった。身許《みもと》はすぐに割れた。アル中で、しょっちゅう警察の厄介《やっかい》になっていた男だったからだ。福祉の発達は、ひとり暮らしの老人のアル中を急激に増やした。このゼノッペという老人も、そのひとりだった。

通報した目撃者が重要な証言をした。

目撃者の名はグレゴリオ。四十歳。ロサンゼルス宇宙港で夜間整備員をしている。事件に遭遇したのは、勤めを終えて宇宙港から本社に戻り、報告書を提出して本社ビルの外にでた直後だった。

クラッシュジャケットを着た四人組が、道路にうずくまる老人を取り囲んで激しく殴《おう》打《だ》している。老人は数分で動かなくなり、四人組はその場を去って街の闇へと消えた。四人組の内訳は、男三人に女ひとりであった。きびきびした動きの青年、身長二メートルを超える巨漢、子供のような小男、そして若い女性である。女性は少女のようにも見えた。

グレゴリオは宇宙港の夜間整備員という商売柄、宇宙生活者の制服や生活に深く通じていた。四人が着ていたのは間違いなく、クラッシャーが着用しているクラッシュジャケットであ《あ》ったと証言した。

被害に遭った老人の網膜残像がチェックされた。死の直前に網膜に焼きつけられた映像を再現する特殊技術だ。

青い上着のクラッシュジャケットを着た男が映っていた。残像は肩のあたりで切れていて、顔が見えない。が、上着がはっきりと映っていたことで、グレゴリオの証言の正しさが裏づけられた。

さっそくロサンゼルスにきているクラッシャーのチームの詳細が調べられた。滞在しているのは、一チームだけだった。ゴールデンホテルのVIPルームに泊まるクラッシャージョウのチームである。メンバー構成も肉体的特徴も、グレゴリオの証言と完全に一致している。この情報により、当局は九分九厘、この殺人事件がかれらの犯行であるという確信を抱いた。

しかし。

問題がひとつあった。

雇い主である。銀河連合総本部のあるテラには、連合の職員が多い。ソル国籍以外の職員は外交特権を有している。銀河連合が臨時で雇ったクラッシャーに外交特権があるのかないのか、それがよくわからない。

折悪《おりあ》しく、その日は週末であった。連合の一般向けインフォメーションサービスは二十四時間ひらいていたが、そこでは必要な回答が得られなかった。クラッシャー登用は連合トップの決定である。そういう特殊ケースの場合、トップと接触して事情を確認しなければならない。それには、どうしても休み明けを待つ必要があった。

それでは遅い。犯人が逃亡する。

フェンネル警部が強行逮捕を主張した。犯行は歴然としている。むざむざ逃す手はない。まず逮捕する。政治問題は、そのあとで決着をつける。身柄の確保が最優先だ。警部は警察首脳に、そう訴えた。

午前五時。逮捕状が発行され、フェンネル警部とかれの率いる九人の刑事は、ゴールデンホテルのVIPルームを急襲した。

「でたらめだ！」

話を聞き終え、ジョウは血相を変えて叫んだ。

「でたらめねえ」フェンネル警部は薄い笑いを浮かべた。ジョウの言など、てんから信じていない顔だ。

「逮捕されたやつは、とりあえず、みなそう言う」

「俺たちはホテルで寝ていた。何十分か前に人を殺《あや》めた人間が、ホテルに帰り着くなり、のほほんと寝ていたりはしない」

「寝ていたかどうかはわからんな」警部は首を横に振った。

「部屋に踏みこんだとき、おまえたちは、きちんとクラッシュジャケットを着こみ、起きていた」

「それはドルニエ参事官がくるということで、フロントに起こされたからだ。ホテルにたしかめてみろ」

　今度はジョウがデスクを殴った。

「仮に眠っていたとしても」警部は言葉をつづけた。

「おまえたちはクラッシャーだ。並みの者とは神経が違う。良心とか、そういうものがあるかもはっきりしていない」

「なんだと！」

　ジョウは激昂《げっこう》した。文字どおり、怒髪天を衝《つ》いた。

　取り調べではなく、喧嘩腰の罵《のの》り合いになった。

　どちらも、互いの言い分をいっさい譲らない。

　やりとりは、平行線のまま、終わる様子を見せなくなった。

　とうとう深夜に至った。

　午前二時過ぎに、いったん終了させることにした。翌朝、ジョウが弁護士に連絡をとる。訊問《じんもん》は、その後に再開する。そういう話になった。四人は留置場に身柄を移された。一流ホテルのVIPルームから留置場である。天国の雲を踏みはずし、地獄の底に転落したような気分である。

　留置場は四人で一室だった。男女の区別もしてもらえない。五メートル四方くらいの建築用樹脂が剝《む》きだしになった殺風景な空間である。二段タイプの簡易ベッドがふたつ並べられ、隅に小さな洗面所とトイレがある。ほかには何もない。厚さ二十センチの透明プラスチックの壁を隔てて、向こう側に武装した看守が立っているのが見える。クラッシャーは破壊活動の専門家だ。ふたり一組の看守は、交替で留置場内に視線を向け、かたときたりとも目を離そうとしない。

「罠《わな》ですな」

タロスがぼそりと言った。他人事のような口調である。

「誰が、なんのために？」

ジョウが訊いた。

「さあ」タロスは肩をすくめた。

「しかし、誤解という状況じゃないことはたしかでしょう。犯人の服装や顔ぶれなんかができすぎてます」

「罠なら、間の抜けた罠だ」ジョウは吐き捨てるように言った。

「俺たちは着いてから一歩もホテルの外にでていない。ルームサービスの注文記録やコンピュータの使用状況でそれが確実にわかる。セキュリティシステムの記録でも、証明できるはずだ」

「だけど、犯行時刻には寝ていたんだぜ」

リッキーが言った。

「それでも、客観的証拠だ。アリバイは成立する。何があろうと、あしたの朝には無罪が確定し、釈放ということになる」

「それは間違いないですね」タロスがうなずいた。

「証拠不十分くらいの理由で、ごまかそうとするはずですが」

「にしても、朝っぱらから叩き起こされた上に、あのくだらない言い争いだ。頭がくらくらする。芯《しん》から疲れた」

ジョウは簡易ベッドに転がった。あとの三人も同様だ。疲れ果てている。このあとやることがあるとすれば、それはひたすら眠ることだ。それしかない。

目を閉じると、もう四人は寝入っていた。

惨劇《さんげき》は、その夜に起きた。


ロサンゼルス東署は、十二番街とドクター・サモイ通りの交差点にあった。

二一三八年のテラ大改造によって、ロサンゼルスも、テラのほとんどすべての都市と同じく、根本から建設し直されていた。大量の恒星間移民で二百億に達しようとしていたテラの人口が一挙に二十億にまで減り、かつ、高度な惑星改造技術が開発されたからだ。これまでのような超過密都市はもう必要なかった。新しい都市計画が要望されていた。

厳しい高度制限が課せられたビル。一般居住用、業務用にかかわらず、すべての建築物には一定面積以上の庭を設けることが義務づけられた。都市計画から逸脱《いつだつ》した色、階数、外観の建物は、例外なく建設を拒否された。それにより、ロサンゼルスは緑地公園のような都市になった。

ロサンゼルス東署は六階建てのビルであった。高度制限ぎりぎりの建物だ。ビルの周囲は青々とした芝生に覆われ、さらにそのまわりを丈《たけ》高い生け垣が美しく取り巻いている。警察のビルといえども、建築基準法は厳しく適用された。防御設備が必要とされる施設でも、例外は許されなかった。

角地にあるロサンゼルス東署の庭は、大通りに沿った二面が、とくに広い。玄関はドクター・サモイ通り側にあり、玄関へとつづく石畳《いしだたみ》の道が、芝生の広場の中にえんえんと伸びている。

一方、十二番街側の庭は、芝生になっているのは全体の半分だけで、あとはコンクリートで固められ、外来エアカーの駐車場になっていた。パトカーや署員個人のための駐車場は、地下にある。

午前三時。

外来用駐車場に、黒塗りのエアカーが、十台ほど進入してきた。どこでも見かける、通常タイプのセダンである。深夜なので外来のエアカーは少なく、二、三台がひっそりと駐車するのみであった。

一台から四人ずつ、四十人の人影が降り立った。

全員が背の高い男たちだった。肩幅が広く、がっしりとした体格だ。見るものが見れば、一目でその道のプロということがわかる。

男たちは、全員が黒のロングコートを羽織っていた。その下に何を着ているのかは、まったくわからない。しかし、履いている靴は、軍靴《ぐんか》だった。

あごの張った、強靭《きょうじん》な意志を秘めた厳しい顔だちの男が、四十人の先頭に立った。男たちに向かい、かすかにうなずいてみせる。四十人は玄関に向かい、いっせいに歩きだした。

外来者用駐車場のある十二番街側にも、署内につづく入口が存在する。だが、男たちはそれに見向きもしなかった。まっすぐに玄関をめざした。

角を折れ、芝生の中の道へと入り、ビルに密着するように前進する。

玄関にはふたりの警官が、衛士《えじ》として立っていた。アンドロイドも数体が配置されていた。

ふたりが、ひたひたと近づいている四十人の男たちの姿を認めた。全員が無言で隊列を組み、玄関に向かって、静かに押し寄せてくる。

尋常《じんじょう》ならざる行動だ。明らかに異様な集団である。

ふたりはただならぬ気配を浴び、かれらに対して声をかけようとした。

そのときである。

すさまじい爆発音が轟いた。ビルの向こう側、駐車場の方角が、いきなり明るくなった。そして、地を揺する激しい振動がそのあとにつづいた。

と、同時に。

四十人の先頭に立った男が、コートを脱ぎ捨てた。一拍置いて、残りの男たちもそれに倣《なら》った。四十着の黒いコートが、ふわりと舞いあがって、闇に溶けこんだ。

コートの下は、黒い軍服だった。男たちの手には、強力なパルスレーザーガンが握られている。かれらは、腰のベルトに吊していたヘルメットを頭にかぶった。

ふたりの衛士の動きが止まった。名状しがたい恐怖を感じた。顔がひきつる。指が本能的に腰の拳銃をまさぐる。ふたりの横にアンドロイドも並んだ。かれらも、レイガンを構えようとした。

パルスレーザーのビームが、白く燦いた。

レイガン、あるいは通常のレーザーガンのビームは、熱で標的を灼《や》き切るように設計されている。が、このパルスレーザーガンは違った。パルスレーザーガンは、断続的に発射されたレーザービームが標的の内部に衝撃波を起こし、その波動で標的全体を根こそぎ粉砕する。

衛士のひとりの腹部が弾けた。もうひとりの衛士は頭が吹き飛んだ。ふたりは内臓と脳漿《のうしょう》を四方に撒《ま》き散らし、地表に転がった。アンドロイドは爆発し、こなごなに砕けた。

警報が、甲高く響き渡った。

3

黒い兵士たちは、死体を踏みこえ、警察の中へと押し入っていった。

内部は大混乱に陥っていた。とつぜんの爆発と警報が、訓練された警官たちを大きく浮き足立たせた。

怒号が飛び、悲鳴がそれに答える。その声に、あらたな爆発音が重なった。それがさらに恐慌状態をあおる。誰もが現場へ駆けつけようと、あわてふためき、身動きがとれなくなった。

爆発したのは、黒い兵士たちが乗ってきた十台のエアカーであった。爆発を連続させるため、点火時間を少しずつずらした時限爆弾が仕掛けられていた。最初の爆発で飛びだしてきた警官を、できる限り多く駐車場側の出入口に集めて始末する。そういう意図が、この仕掛けにはあった。狙いは的中し、この連続爆発で数十人の警官が吹き飛んだ。ほとんどが即死した。

黒ずくめの兵士たちが、署内に突入した。玄関ホールにいた職員は、かれらの姿を目にして、立ちすくんだ。つぎの瞬間。かれらはひとり残らずパルスレーザーの餌食《えじき》となった。射殺され、血まみれの肉塊と化した。受付の担当者がふたりと、爆発でうろたえていた警官が六人だ。

兵士たちは四方に分かれた。五人が駐車場側の出入口に向かった。五人は右手の通路に入る。ふたりがエレベータ前でパルスレーザーガンを構えて立ち、あとの二十八人は階段を上へと登った。

駐車場側の出入口は、警官がひしめいていた。混乱を抜け、そこまできたが、駐車場ではまだ爆発がつづいている。外へでることができない。みな殺気立ち、拳銃、レイガンを抜いて気負いこんでいるが、先に進むのは不可能だ。

そこへ五人の兵士が、ふらりとやってきた。ここまでくるのに、出会った警官、刑事を十人以上射殺していたが、そんな殺伐《さつばつ》とした雰囲気はどこにもない。影のようにあらわれ、ひしめきあう警官たちの前に横一列で立った。

兵士たちが発砲する。眼前の人垣めがけ、パルスレーザーガンを連射する。そこにいたのは、全員が戦闘訓練を受けた警官たちだったが、外の爆発に気をとられている上、うしろからいきなり撃たれたのではひとたまりもない。

人波が大きく揺れた。なだれるように崩れた。将棋倒しだ。出入口近辺に固まっていた者はパルスレーザーガンのビームにさらされず、何が起きたのかと背後を振り返って見る余裕があった。しかし、できたのは、それだけだ。射殺され、倒れかかってくる人間の圧力で、それ以上の身動きが許されない。むろん、襲撃者の姿を見ることもできない。

警官たちの集団は、銃撃に押されてずるずると後退した。

からだが出入口の扉に押しつけられた。圧力は減らない。増加するばかりだ。警官ひとりひとりのからだのどこかで骨の折れる鈍い音が響いた。ガラスが割れ、何人かの上体が室外にはみだした。鮮やかな血の噴水が幾筋も宙に躍った。ガラスで動脈が切断されたのだろう。そこに容赦《ようしゃ》なく、パルスレーザーガンのビームが降りそそぐ。すでに圧死して息絶えた肉体がつぎつぎと弾けた。ぐずぐずに崩れ、肉の断片となった。

五人は発砲をやめ、赤黒く横たわる屍体《したい》の山に視線を凝《こ》らした。周囲がしんと静まりかえる。動く者はいない。呻き声もない。亡骸《なきがら》の数は五十体以上に及ぶ。

確認を終えた。生存者は皆無であると判断した。

同じころ。

一階の通路へと進んだ五人は、そこに並ぶ部屋をひとつずつしらみつぶしに襲っていた。ほとんどの人間が爆発音を耳にして室外に飛びだし、どの部屋にも人の姿がない。が、いくつかの部屋に、ひとりふたりと残っている者がいた。黒い兵士たちは、発見と同時にかれらを射殺した。

フェンネル警部は、一階の右翼突きあたりにある仮眠室で、スーツのまま深く寝入っていた。殺人容疑者であるクラッシャーの訊問に疲れ果て、ぐったりと眠りこけていた。

その安眠を外の騒がしさが、唐突に破った。

目を覚まし、ベッドの上に上体を起こした。

通路をどたどたと踏み鳴らす、重い足音が聞こえた。

「うるせえなあ」

悪態をつき、警部はベッドから降りた。靴を履き、立った。

とつぜん、ドアがひらいた。

「おい」

そう言いかけたフェンネル警部の目に、パルスレーザーガンの銃口が映った。反射的に手が脇に吊したホルスターへと伸びた。

足に激痛が走った。右足のふとももから下が、挽肉《ひきにく》のようにぐしゃぐしゃになり、四散した。フェンネル警部は衝撃で飛ばされ、頭から壁に叩きつけられた。

意識が消える。闇が警部の精神を包む。

五人の兵士は各部屋の掃討作戦を終えた。仮眠室が最後の部屋だった。腰に装着していたバッグから、酸化触媒ポリマーを取りだした。大型のアートフラッシュだ。クラッシャーのボタンにして二十個ぶんに相当する量である。

これを五個、無造作に放り投げ、五人の兵士は玄関ホールへと戻った。

酸化触媒ポリマーが発火した。

あらゆるものを焼き尽くす炎が、通路の中で大きく広がった。一瞬の出来事だ。

ほとんど同じタイミングで、駐車場側の五人も酸化触媒ポリマーを放った。東署の一階が完全に火の海となった。

玄関ホールで、二組の兵士は合流した。エレベータ前にいたふたりもやってきた。三基あるエレベータからは屍体があふれていた。もちろん、エレベータはもう動いていない。合流した十二人は階段を駆け登った。

二階から上も、制圧が完了していた。屍体がそこらじゅうに転がっている。生きる者の気配はどこにもない。

ここにもまた、酸化触媒ポリマーがばらまかれた。

留置場は最上階にあった。六階である。

ジョウは騒ぎに気づいていた。下のベッドを見ると、タロスの目が光っていた。

「なにごとだ？」

ジョウは訊いた。

「さあ」

タロスは首をひねった。リッキーとアルフィンは熟睡している。

「看守がいない」

ジョウは半身を起こした。透明壁の向こうで、まばたきの回数まで減じて四人のクラッシャーを凝視していたふたりの看守の姿が、いまはどこかに消え失せている。

「何か、あったようですな」

タロスは足を床に降ろし、立った。

つかつかと透明壁に歩み寄った。左右を見まわした。

「誰もいません」

「ちょっと前に床がかんかんと鳴った。あれは足音だ。それが気になって、起きた。看守が走りまわっていたんじゃないのか」

ジョウもベッドから降りた。

「なんだい？　どうしたんだい？」

リッキーが目を覚ました。

「うっさいわよお」

アルフィンも寝ぼけた声で文句を言った。留置場の中では音が高く反響する。

「様子がおかしいんだ」

タロスがうしろを振り返り、言った。

「おかしい？」

「看守がいねえ」リッキーはきょとんとなった。

「じゃ、そこにいるのは誰だよ？」

「なに？」

タロスは驚き、あわてて首をめぐらした。

そこに人がいる。パルスレーザーガンを構え、黒い軍服に身を固めた三人の兵士だ。いつの間にか、そこに忽然《こつぜん》と出現した。

兵士は透明壁を隔てて留置場に向かい、無表情にクラッシャーを見つめている。

「なんだ、てめえら？」

タロスは訊いた。

兵士のひとりが、長さ十センチほどの金属棒を手にしていた。その棒を口もとに寄せる。留置場のキーを兼用した通信装置だ。容疑者の声は留置場内にあるマイクで拾われ、看守に筒抜けになるが、看守の声は、そのマイクを使わない限り容疑者の耳に届かない。

「口をひらくな」兵士が言った。低く平板な声だった。

「いま、そこからだしてやる」

「！」

四人は絶句した。警察の留置場に、いきなり武装した兵士がやってきて、容疑者を解放するという。そんな異常な話はどこにもない。

兵士はクラッシャーの反応にかまうことなく、動いた。キーを透明壁の脇にある鍵穴に挿入した。透明壁が音もなくゆっくりと床に吸いこまれていく。

「でろ」

パルスレーザーガンを、突きだし、兵士は銃口を横に薙《な》ぐように振った。

逆らうことはできない。四人は、兵士の命令に従った。

「手を頭のうしろにまわし、指を組め」

これも素直に、言うことをきくしかない。そのとおりにした。

直後。

四人の顔面に褐色の霧状の液体が振りかけられた。横にまわったふたりの兵士がスプレーを使った。

「がふっ」

四人は激しくむせた。刺激臭の強い霧状の液体が、目、鼻、口から流れこんだ。頭がじいんと痺《しび》れる。視界がふうっと暗くなる。意識が穴の底に引きこまれるように遠くなっていく。

麻酔剤。

そう思ったとき、思考は途切れた。四人はくずおれるように、くたりと倒れた。

「他愛のない」

ひとりの兵士が小さなつぶやきを漏らした。

「私語は無用！」

ジョウたちと言葉を交わしていた兵士が、鋭く言った。この男が隊長である。

階下にいた兵士たちが、最上階にあがってきた。四十人。黒い兵士は、ひとりも欠けてはいない。五人の兵士がクラッシャーをかかえあげた。タロスだけ、ふたりがかりだ。

四十人の黒い兵士と、気を失った四人のクラッシャーは、東署ビルの屋上にでた。屋上はヘリポートになっている。その上空で、一機の大型垂直離着陸機《VTOL》がホバリングしていた。輸送機である。真っ黒に塗装された機体は闇にまぎれていて、その輪郭が判然としない。

隊長がポケットライトを取りだし、頭上で振った。炎がビルの八割方をすでに包み、地上はオレンジ色の照り返しでかなり明るくなっている。しかし、屋上のあたりはまだ暗い。

輸送機が、耳をつんざく金属音とともにヘリポートへと着陸した。乗降口がひらくやいなや、兵士たちがつぎつぎと機内に飛びこんだ。四人のクラッシャーも、一緒に運びこまれた。

四十四人を収容し終えると、即座に輸送機は空高く舞いあがった。屋上に酸化触媒ポリマーの炎が到達したのは、そのすぐあとのことだった。

最初に駐車場でエアカーが爆発してから、わずか八分後である。

死者は、二百三十余人をかぞえた。

4

覚醒には、吐き気が伴った。

麻酔剤による一種の副作用だ。四人は苦しみにのたうちまわり、それからようやく意識を取り戻した。覚醒してからも、嘔吐感《おうとかん》は一時間以上も消えることがなかった。

吐き気が失せて、一息ついた。が、しばらくは、ほうけたように茫然としていた。脳細胞が働こうとしない。

ややあって、留置場にいたことを思いだした。とたんに今度は愕然《がくぜん》となった。黒い軍服の兵士、パルスレーザーガン、褐色の麻酔剤、そういったものがひとかたまりになり、四人の記憶の表層へといちどきに浮かびあがってきた。

四人はあわてて周囲を見まわした。ほとんど同時の一斉行動である。

全員が、言葉を失した。

目が丸くなり、からだが凝固した。

円形の階段状に設計されたソファ兼用の床。中央に置かれた透明なテーブル。その上のグラスやカップ。壁一面に並ぶメーター、スイッチ、スクリーン。見慣れた風景だ。なにひとつとして知らぬものがない。

それもそのはず。

ここは〈ミネルバ〉の船内。リビングルームである。

「どうなってんだ。いったい」

長い絶句の後に、ジョウが喉の奥から言葉を絞りだした。呻《うめ》くような声になった。

「本当に〈ミネルバ〉にいるのか？」

自問するように、タロスがつぶやいた。

その声がきっかけになった。

四人は、またいっせいに立ちあがった。まるで競争するかのように、ドアへと駆け寄った。

リッキーが最初に飛びだした。つぎにジョウ。そのつぎがアルフィン。最後が巨体のタロスだ。

通路を走り抜け、突きあたりにある扉をくぐった。

「…………」

四人の足が止まった。

「〈ミネルバ〉よ。これ」

アルフィンが言った。

そのとおりだった。かれらがいるのは、間違いなく〈ミネルバ〉の操縦室だ。正面にあるフロントウィンドウの向こうには、無数の星が燦く漆黒の宇宙空間が広がっている。

「自動操縦だ」

リッキーが動力コントロールボックスを覗きこんだ。シートには誰もいない。すべてからっぽである。

「ドンゴがいる！」

アルフィンが叫んだ。操縦席のうしろにある隙間を指差している。三人がその叫び声に呼応し、アルフィンのもとに素早く集まった。

ドンゴが凍結状態で床にごろりと転がっていた。

ロボットは、回路の故障などで人間に危害を加えそうになった場合を想定して、すべての個体が凍結機構《フリーズシステム》を備えるよう、法律で義務づけられている。ドンゴも、もちろん例外ではない。定められた周波数の電波を、個体ごとに定められた間隔、回数で照射されると、その凍結機構が作動する。凍結されたロボットは、体内にある解除スイッチを押されるまで、いっさいの活動が止まってしまう。当然、その間のデータも蓄積されない。

誰が手間暇かけてドンゴの固有数値を解析し、このようなことをしたのかは完全に不明だ。不明だが、そのおかげでジョウたちがドンゴから、これまでの経過を聞くことができなくなったことだけは明らかである。

とりあえず、ジョウは〈ミネルバ〉の船体総点検と現在位置の割りだしを全員に指示した。いつまでも、凝然《ぎょうぜん》としているわけにはいかない。何があったのかを知り、今後どうするのかを、ジョウは決めねばならぬ立場にある。

「ポジション、SER・一一八九・C三二。ソルからの距離は三千四百四十二光年」

アルフィンが言った。各恒星のデータから〈ミネルバ〉の位置が計算によって算出された。四人はそれぞれの席に着き、自分の仕事に専念している。

「へび座宙域か」

ジョウが立体星図でポジションを確認した。

「いったい、どうなってんだよ」リッキーが鼻息荒く言った。

「殺人容疑といい、〈ミネルバ〉がこんなところにいることといい、何もかもめちゃくちゃだ」

「問題を整理してみよう」

ジョウは常よりも冷静だった。ここまでわけがわからなくなると、逆に昂奮できなくなる。

「まずは、ロサンゼルスの殺人事件からでしょう」

タロスが言った。

「でっちあげではない」ジョウが言を継いだ。

「事件は、あの夜、たしかに起きている」

「同感でさあ」

タロスがうなずいた。

「となると、この事件はなんらかの罠《わな》だ。誰かが俺達の扮装《ふんそう》をして、通りすがりのアル中爺さんを、喧嘩に見せかけて殺した」

「なんのために?」

リッキーが訊いた。

「動機はあとにしよう」ジョウが答えた。

「いまは状況の確認だけに話を絞る」

「警察は目撃者の通報で動き、俺たちを逮捕した。態度として、おかしいところはなかった。間違いなく、あいつらは俺たちを犯人だと信じきっていた」

「信じきっていたんだよ」タロスの言葉に、ジョウは強くあごを引いた。

「警察が仕掛けた罠ではない」

「すると、爺さんを殺《や》ったのは?」

「わからない。だが、鍵《かぎ》を握る連中がいる」

「黒い軍服の兵士ですな」

タロスは口もとを歪《ゆが》めた。

「そういうことだ」ジョウの瞳が強い光を帯びた。

「あいつらが俺たちを留置場から連れだし、ロサンゼルス宇宙港に駐機させておいた〈ミネルバ〉まで運んだ。そして、船内に放りこみ、自動操縦でこの宙域へと〈ミネルバ〉を飛ばした」

「あのまま取り調べがつづいていたら、ゼノッペ殺しは俺《おい》らたちじゃないって、わかっちゃうからだろ」

リッキーが言った。

「そのとおりだが、それだけではない」

ジョウは腕を組んだ。口調の蔭に、何か微妙なものが含まれている。

「それだけじゃないって、ほかに何があるんだよ？」

「もっとこう、大きな裏とか……」

「あっ！」ふいにアルフィンが叫んだ。その声が、ジョウの言葉をさえぎった。

「宇宙船がいる」

「宇宙船？」

一同は驚愕《きょうがく》し、いっせいにアルフィンへと目をやった。いきなり三人の視線を浴びて、アルフィンはうろたえた。何か目的があって合法的に連れだされたのか、あるいはむりやり脱獄させられたのか、そこのところがまったく曖昧《あいまい》ないま、宇宙船がレーダー圏内に入ってきたというのは、重大な非常事態である。

「どういう船だ？　軍か民間か？」

ジョウが早口で訊いた。

「距離が遠すぎる」アルフィンはかぶりを振った。

「レンジぎりぎり。本当にたったいまワープアウトしたばかりなの」

「ジョウ」タロスが言った。

「ここは航路です」

宇宙空間には航路がある。宇宙船が通常航行の際に使用する宙域だ。宇宙船が安全に航行できるよう、ブラックホール、宇宙気流などが周囲十光年以上にわたって存在しないところを選び、各太陽系国家、あるいは船会社の依頼によって、クラッシャーが宇宙塵流、遊星などの障害物を排除してつくりあげたクリーンな空間である。

「宇宙船は一隻だな」

ジョウはレーダースクリーンを見つめた。連合宇宙軍も、通常航行となれば航路を使う。しかし、航路を行く軍艦が一隻のみで行動するということは、まずありえない。必ず艦隊を組んでいる。単独行動は、航路外における任務がほとんどだ。

「貨物か客船か、いずれにせよ民間の船だ」

ジョウは、そう断じた。

「どうします？」

タロスが尋ねた。交信するか否《いな》かを訊いた。

「どうしよう」

ジョウにも判断ができない。

レーダーレンジ内に入った宇宙船は、互いに通信を交わす。それがルールだ。どんなに短い通信でもいい。たとえば、星間共通信号の『航海ノ無事ヲ祈ル』だけでもかまわない。要は、相手の不安を取り除くことができればいいのだ。レーダー映像では、相手が何ものかはわからない。もしかしたら宇宙海賊では、などと思ったりする。その無用の疑いを晴らすための交信だ。したがって、この通信には必ず船名、船籍、船体コード番号を含めなくてはいけない。そのように規定されている。

問題は、その規定だった。

「タロス、おまえは俺たちが脱獄扱いになっていると思うか？」

「思います」

タロスは無造作に答えた。まるで他人事のような物言いである。これは、困難に直面しているときのタロスのくせだ。

「では、指名手配されていると考えたほうがいいな」

「そこが微妙です」タロスは小さく首を振った。

「俺たちの容疑は、テラという惑星上で起きたアル中老人殺しですからね。仮に脱獄が罪に加わっていたとしても、一般の国際手配以上の手続きはおこなわれません。航行中の全艦船にまで手配通知するなんてのは、よほどの海賊行為があった場合だけです。通常は、そこまでやりません」

「しかし、船体コード番号は、その場で照会がおこなわれるんだろ」

リッキーが言った。

「そいつは単なる事務的な確認にすぎない。国際手配されていても、それが通知されることはないはずだ」

「だったら、交信してもオッケイじゃないか」

「理屈ではそうなんだが」タロスは大仰に顔をしかめた。

「俺は、なんだかいやな予感がしている」

「へっ、タロスらしくもなく慎重だね」

「ぬかせ」タロスは反駁《はんばく》した。

「てめェのからっぽ頭じゃ及びもつかねえ高度な判断を求められてるんだ。がたがた口をはさまずに、すっこんでいろ」

「なんだと！」

リッキーの目が吊りあがった。髪が怒りで逆立った。

「やめろ。馬鹿者！」ジョウが怒鳴った。

「喧嘩しているときか。少しは状況をわきまえろ」

「ジョウ、通信がきている！」

アルフィンが悲鳴のように叫んだ。

「ちっ」

ジョウは舌打ちした。ためらっているうちに、向こうも〈ミネルバ〉の存在に気がついた。

メインスクリーンに、受信表示が浮かびあがった。

5

「オタール船籍の四百メートル級貨物船〈キングソロモン〉」アルフィンが言葉をつづけた。

「内容は、星間共通信号『貴船ニ神ノ御加護アレ』」

「皮肉かよ」

リッキーが言った。

「返信しますか？　逃げますか？」

タロスが訊いた。その両手は、すでにワープ操作に備えて、コンソールの上に置かれている。

「仕方がない」ジョウは決断した。

「返信して、すぐにワープする」

「内容は？」

「星間共通信号『神モ仏モアルモノカ』」

「そんなのありません」

結局、星間共通信号『航海ノ無事ヲ祈ル』を送った。

「よし。ワープだ」ジョウは航宙図《チャート》をサブスクリーンに入れた。

「行先は——」

「ジョウ」アルフィンが呼んだ。

「〈キングソロモン〉から、あらたな返信」

「なんだと？」

ジョウはあせった。身許確認の交信に、さらに返信を送る慣習はない。しかも、その通信は映像も伴っていた。

「無視しますか？」

タロスがジョウを見た。

「うーん」

うなっている場合じゃないと思いながらジョウはうなった。これは無意味な、ただの気まぐれ通信かもしれない。その場合、それを無視してワープしてしまったら、逆に〈キングソロモン〉は怪しみ、宇宙軍に連絡をとろうとするだろう。そうなったら藪蛇《やぶへび》だ。

「やむをえん」ジョウは逃亡を諦《あきら》めた。

「映像をまわせ」

メインスクリーンにでっぷりと太った丸顔の男が映った。濃紺のスペースジャケットを着た、五十がらみの船員である。

「や、やあ」男は口ごもるように言った。

「わたしは〈キングソロモン〉の船長、ドミトリイです」

「用はなんだ？」

ジョウは素っ気なく答えた。しかも、映像を送らず、音声のみを送る。

「ええっと、聞くところによると、最近、このあたり海賊の被害があったそうなんですが」

「知らない」

「だから、そういうことではなくて、海賊がですねえ、あのお」

おかしい！

ジョウの体内で警報が鳴った。ドミトリイ船長の態度は異常だ。おどおどそわそわしていて、まったく落ち着きがない。その上、言っていることは支離滅裂である。

時間稼ぎ。

そうとしか考えようがない。

ジョウはドミトリイ船長が意味不明の言葉を撒《ま》き散らしているのを尻目に通信機の送信スイッチを切り、タロスに顔を向けた。

「ハイパーウェーブ・ターミナルを銀河連合の交信域に合わせろ。宇宙軍の標準通信域だ」

ジョウの言葉が終わらないうちに、タロスの手が動いた。すぐに激しくやりとりを交わしている通信をキャッチした。発信者の位置が近い。探索するまでもなく、〈キングソロモン〉から送られているのが明らかだ。

「……のA級手配レポートにあったクラッシャージョウとその一味の〈ミネルバ〉なる船に遭遇しています。ロサンゼルス警察を焼き、二百三十人以上を殺して脱走したド・

テオギュール主席を狙う暗殺団です。ただいま、交信を続行することで宙域SER・一一八九・C三二に同船を留めています。至急、艦隊をこちらに派遣してください。繰り返します……」

「な、なんだってえ？」

四人は叫び声で合唱した。みごとなハーモニーである。驚いたなどという生やさしいものではない。まさしく驚天動地。度肝《どぎも》を抜かれた。

「どういうことだ。こいつは！」

ジョウは首をめぐらせ、二本の腕を大きく振りまわした。丸く見ひらかれた目は白目の部分が赤く血走っている。

「恐ろしく周到な罠だったということですな」

タロスがまた、他人事のように言った。

「宇宙軍がきたら、どうなるんだい？」

リッキーが訊いた。

「俺が指揮官なら、警告抜きでブラスターを斉射する」

「そんなぁ！」

アルフィンが、並べた両のこぶしで口もとを押さえた。

「いちいち怯えるな、アルフィン。俺もそう思うぞ、タロス」アルフィンを一喝し、ジョウはタロスを見据えた。

「ワープする。すぐに跳ぶ」

「行先は？」

「さんかく座宙域のザッーン」

「ほお」タロスの頬がうねるように上下した。

「そいつは、なかなか」

「いい発想だろう？」

「たしかに」

ザッーンは、まだ入植が開始されていない太陽系のひとつだ。ある開発企業が所有しており、クラッシャーによる惑星改造も数か月前に終了していたのだが、銀河連合の植民許可が検査の遅れのため予定どおり下りず、無人のまま放置されている。そこに逃げこめば、しばらくの間は隠れていることができるはずだ。

「で、あいつはどうします？」

タロスは親指を立て、スクリーンの中で未だに熱弁を揮《ふる》っているドミトリィを示した。

「つまり、海賊は……」

「ほっとけ」

ジョウは、即座に答えた。

〈ミネルバ〉はザツーンに向け、千百光年を一気にワープした。

ザツーンは恒星としてはまだ若い青白色巨星である。主星の大きさの割りには、惑星の数が四つと少なく、星域が狭い。しかし、惑星のポジション、サイズは良好だ。入植がはじまれば、豊かな国家に育つ。そういう太陽系だった。

ワープアウトした。

と同時に、加速六十パーセントで星域内に進入を開始した。何かに憑《つ》かれたような行動だ。追われるものの焦燥感が、〈ミネルバ〉にはもう芽生えている。

「あっ！」

アルフィンがひきつった声を発した。

「どうした？」

その声を耳にして、ジョウの背筋をわけもなく冷たいものが流れた。

「艦隊がワープアウト」

「！」

ジョウはレーダー映像をサブスクリーンに入れた。きれいなV字形に並んだ光点が、すうっと画面に浮きあがった。

艦隊の規模と陣容を探る。

四百メートル級戦闘艦九隻によるC－二八戦闘隊形。

コンピュータが、そのように分析した。

間違いない。これは連合宇宙軍の巡洋艦艦隊だ。

「なんで、こうなるんだよ?」

リッキーがわめいた。

「ワープトレーサーだ」

ジョウが低い声で、呻くように言った。

ワープ航法は機関使用の際、通常空間とワープ空間の両方に重力波の乱れによる航跡を残す。これを感知し、追跡できる装置がワープトレーサーだ。他船のワープ転移先を一瞥《いちべつ》できる便利な装置だが、大型の上、高価なため、連合宇宙軍の、それも三百メートル級以上の艦船にしか搭載されていない。

「嘘だろ」だが、リッキーはジョウの言を否定した。

「いくらワープトレーサーでも、追えるわきゃないよ。〈キングソロモン〉が通報してすぐだぜ。ワープトレーサーにも限界がある。同じ宙域にいたんなら話はべつだけど、いくらなんでも連合宇宙軍があの宙域をあのタイミングでうろついているはずがない」

「うろついていたらどうする?」

ジョウが訊いた。

「え?」

「これも罠の一環だ。そうは思わないか」

「まさか」

　リッキーの顔色が変わった。青白くなった。

「タロス！」ジョウはタロスに目を向けた。

「停船信号はきていないか？」

「いえ」タロスはかぶりを振った。

「何も届いていません」

「やはり、そうか」ジョウは大きくうなずいた。

「あいつら、拿捕《だほ》する気などさらさらない。追いついたら、いきなり攻撃を仕掛けて〈ミネルバ〉を吹き飛ばすつもりだ」

「ひでえ」

　リッキーが半べそをかいた。

「どうします？」

　タロスが問う。

「どうするもこうするもない。ワープだ。即刻逃げる」

「ワープ？」

「九隻の巡洋艦と、正面から渡り合って勝てるか？　百パーセント、無理だ」

「しかし、どこへワープするんです？」

「どこでもいい。一発で逃げきれるとは思っていない。とにかくワープしろ。その間に何か方策を考える」

「なるほど」

「だめっ」アルフィンが口をはさんだ。強い口調だ。声が甲高い。

「〈ミネルバ〉はもう星域内に深く進入している。こんなところではワープできない」

人類の夢をかなえたワープ航法にも、ふたつだけ欠点があった。ひとつはワープ時における肉体の変調と不快感。そして、いまひとつは大質量の近くでは重力波の歪みが生じ、ワープできないということだ。大質量とはつまり、恒星や惑星のことである。

前者の欠点は、からだをワープに慣らすほか回避策がない。が、後者の欠点は実に簡単に解消した。大質量からワープ可能域まで、ロケットエンジンによる通常航行で移動するのだ。それだけである。時間は少々かかるが、安全確実は間違いない。もし、この禁を破って危険域でワープしたら、その宇宙船はワープ空間に永久に閉じこめられてしまう。宇宙開発の初期、これによって事故で失われた宇宙船の数は、けっして少なくなかった。

「アルフィン」ジョウは、叩きつけるように言葉を返した。

「艦隊を避けて、もっとも早くワープ可能域にでるには、どっちへ行ったらいい？」

「7F514」

答えは早かった。アルフィンは瞬時に座標を示した。

6

「聞いたか、タロス」アルフィンの言を耳にし、ジョウは操縦席に向き直った。

「7F514。加速百だ」

ジョウはあえて星域外とは言わず、最短で行けるワープ可能域はどこだとアルフィンに訊いた。惑星同士の配列などもあり、星域の設定には安全係数が見こまれている。だから、星域内でのワープが完全に不可能というわけではない。時と場合によっては、星域内でもワープができる。それゆえに「ワープ可能域は」と尋ねた。

アルフィンが示したワープ可能域はジョウの期待どおり、近い位置にあった。その程度の距離なら、艦隊に追いつかれる前になんとか到達しうる。ただし、そのためには加速百パーセント以上が必須《ひっす》だ。慣性中和機構の限界を超える恐れのある加速だ。とはいえ、短距離ならば、アルフィンやリッキーでもGに耐えられる。

「了解。行きますぜ」

一声吼《ほ》えて、タロスがレバーを大きく倒した。〈ミネルバ〉のメインノズルが轟然と火を噴く。闇に向かって、その身をうねるように躍らせる。

しゃにむに前進。目標はワープ進入地点。

「ああっ！」

アルフィンの絶叫が船内に響いた。意外という意味が、その声にこめられている。

「艦隊がワープした」

「！」

ジョウの顔がひきつった。と同時に、脳裏で何かが激しく閃いた。

「やつら、俺たちの前にでる気だ」

ジョウが言う。

「前に？」

タロスはとまどいの色を見せた。

「こっちの動きを読んで、短距離ワープしたんだ」

「まさか、そんな」タロスは首を横に振った。

「宇宙軍がそんなリスクを〈ミネルバ〉一隻のためにおかすはずがない」

「銀河連合主席暗殺団相手なら、やる」

「う……」

タロスは言葉を失った。短距離ワープはワープ機関が過負荷になりやすく、運がよくて機関停止、悪ければ爆発という事故につながる可能性が極めて高い。搭載機関性能に余裕のある宇宙軍の艦船でも、緊急時以外は禁止されている。ましてや今回は、星域外縁ぎりぎりでの離れ技だ。まともな指揮官なら、作戦として考えることもしないだろう。しかし、状況は、たしかにジョウの想像とはっきり合致している。

「転針して逃げますか？」

絶句から脱したタロスが訊いた。

「いや」ジョウの声は低く、硬かった。

「このまま、突っこむ」

転針は、するだけ無駄だった。そんなことをしても、確実に逃げ場を失い、いつかは追いつかれる。追いつかれれば、四百メートル級巡洋艦の主砲、五十センチブラスターの一斉射撃に灼かれ、〈ミネルバ〉は一巻の終わりだ。万に一つの可能性も消え、宇宙の藻屑《もくず》となる。

「一瞬でもいい、ミサイルで艦隊を蹴散らし、突破口をひらいてワープする」

「強引ですな」

タロスはにやりと笑った。強引というよりもむちゃな作戦だ。が、こういうやり方は、タロスの性に合っている。

ジョウの眼前にミサイルのトリガーレバーがゆっくりと起きあがった。

「ワープ進入地点まで、あと四千キロ」

アルフィンのカウントが入った。

「艦隊がでてくる」

ジョウがあごをしゃくり、スクリーンのひとつを指し示した。小型の画面に不規則な波形が広がりはじめている。重力波スクリーンの画面だ。あらわれたのは、近辺でのワープアウトで艦船が出現する直前に見られる特異な波形そのものである。

「距離一千」

カウントがつづいた。

「そろそろだ」

ミサイルは百キロも誘導すると姿勢制御用燃料が切れ、コントロール不能に陥る。しかし、いまは敵の出現地点が正確にわかっているから距離を気にする必要はない。有効射程距離は無視できる。

ジョウはトリガーボタンを押した。

二十基のミサイルが、わずかな間をおいて、つぎつぎと〈ミネルバ〉から飛びだした。ミサイルは目標めざして、一直線に突き進む。座標をロックしたので、狙いは絶対に外れない。

艦隊がワープアウトした。

同時にミサイルの弾頭がそれぞれ五つに分かれた。計百基の、獰猛《どうもう》な牙である。弾頭が艦隊のただなかに乱入する。

攻撃を受けて仰天したのは、艦隊の各艦長であった。隊形を維持するどころではない。緊急避難を口実に、艦隊はいっせいに散開した。

「いまだ。加速百四十パーセント！」

ミサイルを自爆させ、〈ミネルバ〉は加速全開でワープ進入地点に突進した。

「ワープイン」

キーを拳で殴り、ワープ機関を始動させた。フロントウィンドウが虹色に輝く。メインスクリーンに映る星々の画像が、すさまじい勢いで後方へと流れはじめた。虹色の光景は、ワープボウと呼ばれるワープ空間のそれだ。スクリーンの中で流れ去っていく星の群れは、ワープ空間から見た通常空間の様子である。

しばらく、その状態がつづいた。ややあって虹色が褪《あ》せ、窓外が漆黒の宇宙空間に戻った。星が闇のかなたで輝く小さな光点となった。

ワープアウトする。

「重力波に乱れ」

アルフィンが叫んだ。〈ミネルバ〉がワープアウトした瞬間だ。連合宇宙軍の艦隊が追跡ワープしてきている。

「タロス、ワープ！」

ジョウが怒鳴った。

「危険です」タロスはあわてた。

「もう少し時間をおかないと、ワープ機関が……」

「かまうな」ジョウは決然と言い放った。

「無理は承知。危険を避けていたら、やられる」

「………」

またもタロスは絶句した。こういうときのジョウには、ベテランクラッシャーでもかなわない。

タロスは重力波スクリーンを見た。乱れが大きくなっている。艦隊出現までほとんど間がない。

「行先は？」

「まかせる」ジョウは薄く笑った。

「まだ方策は立っていない」

「やれやれ」

タロスは肩をすくめ、レバーを握り直した。〈ミネルバ〉は、再びワープをおこなった。

「だめ！　まだついてくる」

ワープアウトした。直後に報告を入れるアルフィンの口調に、絶望の響きが混じっている。

「タロス、ワープ！」

ジョウが叫ぶ。

反射的に「機関がもちません」と言おうとしてタロスはぐっと言葉を呑んだ。呑んで、かわりに訊いた。

「行先は？」

「まかせる！」

ワープした。

「どうだ？」

一同の目が重力波スクリーンにそそがれる。波形が勢いよく上下する。

「ねばりやがって」

タロスは小さく呻いた。

「タロス！」

ジョウの声。

「ワープでしょ」

やけくそだ。コンソールのスイッチに手を伸ばした。

「あわてるな」ジョウがつけ加えた。

「行先をまだ言っていない」

「は？」びくんとタロスの動きが止まった。口をあんぐりあけ、ジョウに向かって首をめぐらした。

「じゃあ」

「方策がついた」ジョウは右手で拳をつくり、親指を突き立てた。

「くじゃく座宙域のリカオンに行く」

「リカオン！」タロスは目を剝《む》いた。

「リカオンって、あのリカオン？」

「そうだ。あのリカオンだ」ジョウは強くあごを引いた。

「しかも、向かうのは第五惑星」

「ひゅう」

タロスは口笛を吹いた。ジョウの表情が子供のようにいたずらっぽい。その顔を見て、かれが何を狙っているのかを察した。

「いいでしょう」タロスも相好《そうごう》を崩した。

「ここはひとつ派手にやりますよ」

「タイミングをミスるな」

「わかってます」

〈ミネルバ〉はもう一度、ワープした。今度は勝算を秘めたワープである。

リカオンの星域外縁にでた。

リカオンは白色の小さな恒星だ。惑星数は六。〈ミネルバ〉はワープアウトするやいなや、その第五惑星、ジャッカルへと針路をとった。加速は七十パーセント。そこそこの速度である。

「追いつかれちゃう」

リッキーが言った。不満があってのことではない。Gに弱いから、リッキーにしてみれば低加速航行は大歓迎だ。が、それだと、さほどの時間をおかず、艦隊の射程距離内に入ってしまうことになる。

「気にするな」ジョウはあっさりと答えた。

「少し距離を詰めてもらわないと、作戦に影響がでる」

「宇宙軍艦隊、ワープアウト」アルフィンが報じた。

「加速百で追ってきます」

「どういうことだよ？」

リッキーが重ねて訊いた。作戦の意味がまったくわからない。と、その言葉に重なるようにアルフィンの驚きの声が響いた。

「第五惑星方向から光点。宇宙船よ。こっちに向かってくる。多いわ。二、三十隻くらい」

「きたな」

ジョウが言った。

「予定どおりです」

タロスが舌なめずりした。

「なんだよ？　あいつら、なんなんだ？」

何も教えてもらえず、リッキーは口を尖らせている。

「あの宇宙船の群れは」思わせぶりに、ジョウがゆっくりと説明した。

「宇宙海賊だ」

「う、宇宙海賊ぅ？」

リッキーとアルフィンがデュエットした。

信じられない話である。

ふたりは互いに顔を見合わせた。

7

くじゃく座宙域のリカオンに宇宙海賊がひそんでいる。

その噂《うわさ》を、ジョウとタロスが知ったのは、銀河連合から仕事の依頼がくるひと月ほど前のことだった。

クラッシャーには、クラッシャーだけの情報網がある。クラッシャーの仲間内に限って流れ、利用されるひそやかな情報網だ。銀河系全域に通信社がハイパーウェーブで配布しているニュースパックが表の情報なら、これは裏の情報である。銀河中に散らばっているクラッシャーが、主として仕事の際に入手した部外秘の情報を専用の回線でこっそりと流している。そういう情報だから、内容は多岐《たき》に渡る。どうでもいい芸能人のゴシップから、政治家の醜聞《しゅうぶん》まで分野はさまざまな領域に及ぶ。そして、ときにはあっと驚く情報がその中に混じっていたりする。

リカオンに巣食う宇宙海賊のネタも、そのクラッシャー情報網で届いた。

レミントン・パイレーツと呼ばれる比較的小さな海賊組織が、くじゃく座宙域のリカオンというまだ銀河連合に加盟していない国を乗っ取り、第五惑星をその本拠地にした。

情報の中身は、それだけだった。が、クラッシャーには、それで十分だった。あとは自力で真偽を確認すればいい。

当時、ジョウのチームはその宙域で、航路をひらくための遊星破壊を請負っていた。そのため、貴重な情報として、ジョウはこの通信を保存した。もっとも、仕事に海賊の影響はまったくなかった。遊星破壊はあっさりと終わった。情報は破棄され、ジョウは〈GG〉護衛の任務を受けてソルに向かった。

連合宇宙軍の艦隊に追われているとき、ジョウは、その情報を思いだした。ベラサンテラ獣輸送の一件以来、ジョウは海賊関係の情報にひどく敏感になっている。だから、リカオンの噂も記憶の底にひっそりと残っていた。消え去っていなかった。

「毒には毒をという言葉がある」ジョウは言った。

「強力な宇宙軍の巡洋艦艦隊を相手にできるのは、宇宙海賊の船団だけだ。いきなり自分たちのアジトに向かって宇宙軍の艦隊が突っこんできたら、当然、海賊は手入れと勘違いして応戦にでる。それがこっちの狙いだ」

「犬猿の仲同士を嚙み合わせておき、その隙に逃げだそうという他力本願《たりきほんがん》作戦ってわけね」

アルフィンが言った。

「かっこよくないなあ」

リッキーが不満げに口をはさんだ。

「見た目は、たしかにそうだ」ジョウはあっさりと認めた。

「しかし、背に腹はかえられない」

「それに、それってうまくいくのかよ」

リッキーはさらに追及する。どうやら作戦そのものを疑っているらしい。

「やってみれば、わかるさ」

ジョウはにやりと笑った。

ほとんどひとかたまりになっていた海賊船の光点が、接近によって一隻ずつ分離した。これで、海賊側の戦力をたしかめることができる。

戦闘艦は、全部で二十六隻だ。

「どれも二百メートル級の船よ」

アルフィンが言った。

「ちょっとせこいな」

ジョウは渋面をつくった。いかに戦闘宇宙艦とはいえ、二百メートル級は少し小さい。

「重巡九隻との勝負です。三倍くらいなら、そんなに悪くないと思いますよ」タロスが言った。

「宇宙軍が全滅したら、それこそ事ですし」

言いながら、タロスはメインスクリーンの画面を二面に切った。スクリーンの右側に海賊船団、左側に宇宙軍の重巡艦隊が映っている。

「なるほど」

ジョウは納得した。そういうことなら、思いきり戦ってもらおうと思った。戦闘が激しいものになればなるほど、〈ミネルバ〉の生存確率が高くなる。

「海賊船団との距離十二万キロメートル。重巡艦隊とは八千キロメートル」

アルフィンが空間表示立体スクリーンの数字を読んだ。ジョウの表情がわずかに曇った。

「このままだと、目論見どおりにいかない」

コンピュータで遭遇タイミングをシミュレートさせてみた。いまの加速を維持した場合、〈ミネルバ〉と海賊船団との距離が二百キロになった時点で、巡洋艦隊は〈ミネルバ〉まで三百キロに迫っている。

「やはり、まずい」ジョウはうなった。

「これだと、海賊船団が攻撃を開始するまでに〈ミネルバ〉は蜂の巣だ。いや、宇宙の塵《ちり》と化している」

「五百までは、かわしてみせますぜ」

タロスが言った。連合宇宙軍の巡洋艦が搭載している五十センチブラスターの最大有効射程は六、七百キロと言われている。

「理想の段取りは、重巡艦隊との距離が七百キロになるのと同時に、海賊船団が俺たちめがけて砲門をひらくというやつだ」ジョウは腕を組んだ。

「でないと、派手な戦闘にもっていけない」

「しかし、宇宙軍が海賊を前にして、転針しないという見通しはどうなんでしょうね」

タロスが首をひねった。

「展開はするさ」ジョウは反駁《はんばく》した。

「だが、それは攻撃のためであって、回避するためじゃない。連中は、あの二十六隻を海賊とは思わず、俺たちの仲間とみて必ず戦闘態勢に移行する」

「あたしらの仲間ですか」

「連中が追っているのは一介《いっかい》のクラッシャーではなく、銀河連合主席暗殺団だ。あの程度の組織が背後にあってもぜんぜんおかしくない。それどころか、あって当たり前だと信じている」

「………………」

タロスは口をつぐんだ。言葉を返すことができない。ジョウの予測は筋が通っている。今回は、ジョウにやられっぱなしだ。クラッシャーの先輩としてはいささか業腹だが、人間、冴《さ》えているときというのはこんなものなのだろう。ならば、素直に従ったほうが、結果はいい。タロスの経験がそう言っている。

「納得したようだな」ジョウがつづけた。

「だったら、加速八十パーセントだ。シミュレートがだした是正数値に合致させる」

「了解」

タロスはレバーを握り直した。

加速を増す。

海賊船団が距離一万キロに接近するまでは、情勢に変化はなかった。

九千キロになった。

「重巡艦隊が展開」

アルフィンが鋭い声を発した。重巡艦隊と〈ミネルバ〉との距離は、すでに三千キロを切っている。楔状《くさび》になっていた戦闘隊形が崩れ、まるで獲物を包む投網《とあみ》のように丸く広がりはじめている。ジョウの計算どおりだ。重巡艦隊は迫りくる海賊船団を、〈ミネルバ〉の応援部隊であると誤認した。

「海賊船団、散開開始」

アルフィンは間を置かず、叫んだ。重巡艦隊の動きに呼応したのだろう。海賊船団も隊列を崩した。数隻ずつがひとかたまりになり、六方向に分かれた。

「海賊の動きが速い」ジョウが言った。

「けっこうできる連中が仕切っているな」

時間が経過する。数千キロの距離だ。さすがにすぐには縮まらない。じりじりとレーダースクリーンの上で光点が移動していく。そして、射程内へと確実に近づいていく。無限とも思えるほど長い時間が過ぎたと思ったとき。

「行くぞ」

ジョウがミサイルのトリガーレバーをコンソールに起こした。

「転針！　4Ａ303」

さらに一言、怒鳴った。と同時に、トリガーボタンをぐいと押した。

〈ミネルバ〉が、大きく身をひるがえす。脇腹からミサイルが発射される。つぎつぎと射出される。目標は、海賊船団と重巡艦隊。どちらに対しても、照準をロックする。発射したのは計三十基。弾頭数にして百五十に及ぶ。

海賊船団が、〈ミネルバ〉に対して反撃の火蓋《ひぶた》を切った。ビーム砲による攻撃だ。と、一瞬遅れて、重巡艦隊の五十センチブラスターが火を吹いた。青白い火球を連射した。

しかし。

素早い転針により、〈ミネルバ〉はもうこれまでの針路上にいない。かわりに、ミサイルの弾頭の群れが、そこにはひしめいている。

海賊船団も重巡艦隊も、意表を衝《つ》かれてうろたえた。どちらも、〈ミネルバ〉という船を侮《あなど》っていた。たかだか百メートル級の小型宇宙船である。海賊船団は、重巡艦隊の偵察船だろうと思い、重巡艦隊は援軍の中に逃げこもうとしている逃亡者と信じていた。

それが、いきなり牙を剝いた。船団と艦隊は、急ぎ回避行動をとった。

その動きが、両者を唐突な遭遇《そうぐう》へと導いた。

重巡艦隊が、相手の正体を知った。

船の形状、戦闘隊形、搭載武器の顔ぶれで、その船団が何ものであるのか、はっきりとわかる。

宇宙海賊だ。

主席暗殺団は宇宙海賊とつるんでいた。

容赦はできない。徹底的に叩く。彼我《ひが》の戦力差は、問題にならない。重巡艦隊は無敵だ。海賊船団は、何があろうと蹴散らす。

もはや、〈ミネルバ〉など眼中にない。

大乱戦がはじまった。

艦隊と船団の総力戦である。

「やったぜ！」

ジョウはシートの上で躍りあがった。これだけ目論見が的中すると、ジョウといえども我を忘れる。昂奮して、はしゃぐ。

「大成功ですな」

あいかわらず、タロスは他人事のような口調だ。

「逃げるぞ」

ジョウは高らかに叫んだ。

〈ミネルバ〉は尻に帆かけて、ワープ可能域へとひた走った。加速は百パーセントオーバーだ。あとを追ってくる艦船は一隻もいない。

目標宙域に到達した。

ワープイン。

一気にジャンプした。

第三章　クラッシャー評議会

1

時間がきた。

ダンは膝にかけてあったナプキンをテーブルの上に叩きつけるように置き、ゆっくりと立ちあがった。即座に、ハミングバードが飛んできて、椅子を後方に引いた。ハミングバードは、小型の浮遊型ロボットである。用途によって形状が異なっている。このハミングバードは、ごくありふれた汎用《はんよう》タイプだ。直径三十センチほどの球体に、細長い二枚の翼と折畳式のマニピュレータを備えている。

ハミングバードはいつものとおり、忠実にてきぱきと自分の仕事をこなした。が、なぜかきょうに限って、ダンにはその正確で無駄のない動きが腹立たしい。

ダンはテーブルから離れた。そこへ一台、べつのハミングバードが飛来してきた。ダンの眼前でふわりと停まる。飛行音は皆無だ。軽やかに移動し、静かにたたずむ。今度のハミングバードは、縦方向に長い大型の円筒形タイプだ。ダンはハミングバードの正面で足を止めた。ハミングバードのボディにずらりと並んだセンサーが、あわただしく働きはじめた。LEDがさまざまな色に輝き、軽いハム音を響かせて、ダンの全身を探る。このハミングバードにプログラムされた機能は、あらゆるもののチェックだ。食料の吟味《ぎんみ》から、エアカーの点検まで、人間の生活に関係するほとんどすべてのデータがインプットされていて、対象物のそれと比較をおこなう。その数値に大きな差があれば、それを厳しく指摘する。

ハミングバードは、ダンの外出用衣服のチェックをおこなった。

センサーの光が消えた。

「ぱーふぇくと」

低い合成音声が流れた。合格である。服装にあまり気を遣《つか》わないダンとしては、珍しいケースだ。ハミングバードのボディが大きく割れ、左右にひらいた。内側が全身大の姿見になっている。今度は、ダンが自分の身なりをチェックする番である。いつも思うことだが、これはどうも順序が逆なのではないだろうか。まずダンが服を見て、つぎにロボットが細部をチェックする。ダンにしてみれば、それが正式な手続きである。しかし、このハミングバードのプログラミングを担当した技術者は、よほど斬新な発想を有していたらしい。ダンは幾度かハミングバードに自分の好みにかなった習慣を覚えこませようと試みた。だが、その努力は、常に徒労に終わっていた。ハミングバードはダンの主張をまったく受け入れなかった。

ダンは鏡に映る自分の姿を、じっくりと眺めた。

少し気が滅入った。

年齢《とし》をとった。と、しみじみ思う。引退して九年。妻を失って十九年。人類史上初のクラッシャーとなってからは実に四十一年が過ぎた。老いるはずである。

ダンがクラッシャーになったのは、二十一歳のときだった。若かった。つくづく若かった。筋肉はゴムのような弾性を持ち、鋼《はがね》のように固く引き締まっていた。全身に生気と力があふれ、まるでエネルギーの塊《かたまり》のような肉体であった。

髪は黒々とし、双眸は炯々《けいけい》と輝いている。顔の輪郭は鋭角的で、ひたすらに厳しい。皮膚は宇宙焼けにより、浅黒く染まっていた。

が、いまは違う。

麒麟《きりん》も老いては駑馬《どば》に劣る、とはよく言ったものだ。本当に、それは事実であった。

髪は、量だけは変わらずあったが、すべてみごとな銀髪と化し、筋肉もすっかり衰えてたるんでしまった。肌は毎日の農作業でいまもよく焼けて黒いが、その下には厚いぜい肉がまんべんなく層をなしている。そのためか、表情に鋭さが失せ、深く刻まれたしわ

の効果もあって、目は草食動物のそれのようにやさしい。

もう無理はできないな。

心底、そう感じた。なんら不自由なく、すべての事態においてスムーズに反応するのは、右足だけである。それは九年前の事故で装着するはめになったロボット義肢《ぎし》だ。これだけはチェック用ハミングバードのメインテナンスを定期的に受けていて、いついかなるときでも、ほぼ完璧に機能している。

皮肉な話だ。

ふと、全身の八割をサイボーグ化したタロスのことを思いだした。かれはいま、息子のジョウの片腕となり、ともに宇宙を忙しく駆けめぐっている。

「モウ、ヨロシイデショウ」

飽《あ》かず鏡面を見つづけていたのにあきれたのか、ハミングバードがボディをもとに戻した。チェック用ハミングバードには仕事が多い。一日中、作業のため、家のそこかしこを動きまわっている。

ダンの服装チェックを終えたと判断したハミングバードは、そそくさとその場から消えた。あとには憮然《ぶぜん》とした表情で立つ、ダンひとりが残った。

ダンが憮然としているのには、理由があった。クラッシュジャケットだ。九年ぶりに身につけたブルーのクラッシュジャケットが、まったく似合っていない。恐ろしくぶざまだった。痛恨である。しかし、だからといって脱いでしまうわけにもいかない。いまはこれを着る必要がある。

うんざりした気分を強引に振り払い、ダンは歩きだした。

家の外にでると、玄関でエアカーが待っていた。ドアに手をかけ、ふっと背後を振り返った。瀟洒《しょうしゃ》な造りの小ぢんまりとした我が家が、そこに静かに建っている。妻ユリアがかれの帰りを待ち、ジョウが十歳になるまで暮らし、かれが九年間離れずに住んだ家だ。なぜか、もう二度と帰ってこられないような気がした。

「それもいいか」

小さくつぶやいた。家に残るのは七台のハミングバードだけだ。帰らなくとも、悲しむ者はひとりもいない。

エアカーに乗った。

ダンはシートにすわったまま、何もしなかった。これもロボット操縦である。行先ははっきりしていた。エアカーは滑るように発進し、あっという間に広い庭を突っきった。門をくぐって、ハイウェイへと進む。

窓外に緑の草原が広がった。その光景が勢いよく後方に向かって流れていく。ほとんどが農園か牧草地だ。たまにぽつぽつと望見される建物は、どれもが農場の施設である。おおいぬ座宙域のアラミスは、農耕惑星だった。

居住しているのは、元クラッシャーだった者と、その家族のみである。誰もが認めるクラッシャーの星だ。かつては恒星から恒星と渡り歩き、宇宙狭しと活躍した剛の者たちが、いまではここで家族とともに暮らし、農業に従事して穏やかな余生を送っている。銀河系ではじめてクラッシャーと呼ばれた男、ダンもその例外ではなかった。この九年、かれはアラミスから外にでたことがない。観光旅行すらしていない。

時速三百五十キロで一時間ほどエアカー用高架《こうか》ハイウェイを走り、それからバイパスに移った。しばらく行くと、前方に八角形のタワーを中心にした、複雑な形状の巨大なビルが見えてきた。

通称オクタゴン。銀河系百二十万のクラッシャーを統率するクラッシャー評議会の総本部ビルだ。

ダンのエアカーは、そこに向かっていた。

到着した。

エアカーは、オクタゴンの地下駐車場に降りた。専用スペースに車体を入れ、ダンはエレベータで一階のロビーへとあがった。

白を基調とした、地味でシンプルなイメージのロビーは、閑散としていた。異様に広いせいもあるが、そう見えるのは、根本的に人影が少ないからだ。現役のクラッシャーがほとんどいないアラミスでは、常のことである。ここに雑踏のごとく人間がひしめくのは、何年に一度か不定期に開催される、クラッシャーの技能競技会のときだけであろう。

「議長！」

とつぜん背後から、ダンに声がかけられた。受付で係のアンドロイドと言葉を交わしていたダンは、それを聞いてうしろを振り返った。

にこやかに笑う、小柄な青年が立っている。

「きみか」

ダンは小さくあごを引いた。青年は、タイラーという名の若いクラッシャーだった。契約のことで雇い主と係争が生じ、その調停手続きのため、アラミスに帰ってきていた。

「お久しぶりです。驚きましたよ」

タイラーは言った。笑顔に屈託《くったく》がない。

「何がだ？」

ダンは受付のカウンターから離れ、タイラーの前へと身を移した。

「そのお姿です」タイラーは言った。

「議長がクラッシュジャケットをお召しになっているのを拝見するのは、はじめてです」

「ああ、これか」言われたダンは少し照れ、自分のからだを眺めまわした。

「みっともないところを見られてしまった。もう、ぜんぜん似合っていない」

「そんなこと、ありません」タイラーはそれを、強い口調で否定した。

「聞けば、まだ現役並みのトレーニングをつづけられているとか。議長を知らないクライアントだったら、会っただけで仕事のひとつふたつ注文するのは間違いないほど立派なおからだです」

「やめてくれ。そういう世辞は」

タイラーの青年らしい一途《いちず》さに圧倒され、ダンは両手をせかせかと振った。それが、タイラーの生真面目な性格をさらに刺激した。

タイラーは気負いこみ、大声を発した。

「お世辞じゃ、ありません！　ぼくはありのままを言ってます」

「わかった。わかった」

ダンはあわててタイラーを制した。泣く子も黙るクラッシャー評議会議長も、こういう青年相手では、うろたえるばかりである。

「どうも、わしは全盛期をうらやんでばかりいたらしい」ダンは言葉をつづけた。

「それで、むかしの恰好《かっこう》をしたとたんにいまの自分を卑下《ひげ》しはじめてしまったのだろう」

「そうです」

ダンの自己分析に、タイラーは力をこめて同意した。

だがね。

と、ダンはその先を心の中でつぶやいた。

全盛期を美化してしまうのも、老いの一種なんだよ。

「ところで」ふいにタイラーが口調を変えた。ダンの虚を衝く変化である。

「どうして、きょうはクラッシュジャケットを？」

「あ、いや」しどろもどろになった。

「これはその、さっききみも言っていたトレーニングの一環だ。そう、クラッシャー独得のやつ。あれを久々にやってみようと思って着てみたんだ」

見えすいた嘘《うそ》でごまかした。何が起きたのか、まだ何も知らないタイラーにあえて語るべきことではない。

「そうですか」が、タイラーはその言をあっさりと真に受けた。

「それならぼくも、ぜひご一緒させてください」

目が明るく輝いている。

ダンの胸が強く痛んだ。タイラーの純粋一徹さには定評がある。かれがかかえている厄介《やっかい》な係争も、それが一因になっているほどだ。仕事の上では、化《ば》かし合い、だまし合いを当たり前のように繰り広げてきたダンだが、仲間のクラッシャー、それもこんな無《む》垢《く》な坊やに嘘をつくのは、これがはじめてだった。

「いいとも」心とは裏腹に、あくまでも晴れやかな表情でダンは答えた。

「だが、その前に重要な会議がある。あとで連絡するから、待っていたまえ」

「はいっ」

タイラーは頬を紅潮させ、喜色を満面にあらわしてダンに向かい、一礼した。

2

ダンはきびすを返して去っていくタイラーを見送ってから、ほおと大きなため息をついた。

とにかく、やるべきことをやってしまわなくてはならない。タイラーへのフォローは、そのあとだ。

最高会議室は、タワーの三十八階にあった。ダンは直通エレベータに乗った。十秒で、エレベータはダンを三十八階のフロアへと運んだ。

最高会議室には、四十五人の評議員全員が顔をそろえていた。U字型のテーブルに向から席は、着く者があらかじめ定められている。四十五人は自身のシートに腰を置き、評議会議長の登場を静かに待っていた。

ダンが会議室に入った。

四十五人の表情が、いっせいにさあっとこわばった。

ダンがクラッシュジャケットを着ていたからだ。が、それだけではない。ダンは、その全身にただならぬ気配を宿している。かれらは、それを感じた。最高会議室の空気が、音を立ててぴんと張りつめた。

ダンはゆっくりと歩を進め、テーブル中央にある議長席の前に立った。九十の鋭い視線が、ダンに向かってそそがれた。一同は、ダンの動きを息をひそめて凝視している。

クラッシャーの組織を運営しているのは、クラッシャー評議会だ。

評議会は、議長一名と、評議員四十五名から成っている。ともに終身制で、言うまでもなく、クラッシャー出身者でなければならない。法律も、制度も、すべて評議会の決議によって定められる。ひとつの国家の最高議会に相当する機関といっていい。それだけの権威と権力を有している。

クラッシャーは民間人でありながら、武器の携帯や使用など、連合宇宙軍にも準ずるほどの装備、権限が認められている。それは、宇宙開発の発展に多大の寄与があったとして銀河連合から認可された特権である。しかし、その特権付与には条件があった。クラッシャーがただの職能集団ではなく、国家に等しい権力によって完全に統率されていることが必須とされていた。さもなければ、強力な権限だけがとめどもなく暴走し、場合によっては、取り返しのつかない事態にも陥りかねない。

クラッシャー評議会は、その状況から生まれた。

クラッシャーのチームリーダーは、チーム内に欠員ができた場合、自身の判断でチームメンバーを外部からスカウトすることが許されている。なぜなら、チームリーダー本人が評議会の厳しい試験をパスして、その判断を下せる者としての選別を受けているからだ。評議会は、このような間接的手段を用いて、クラッシャーの末端までをも確実に把握《はあく》していた。

「諸君」

しばしの間を置いてから、ダンは重々しく口をひらいた。シートに腰をおろさない。立ったままだ。

「このたびの不祥事《ふしようじ》、わたしはクラッシャー評議会の議長としても、当事者である〈ミネルバ〉のチームリーダー、クラッシャージョウの父親としても、ただひたすらに遺憾《いかん》なことと思っております」

ダンの声が凜と響いた。室内には、しわぶきのひとつもない。しんと静まりかえっている。

「行きずりの暴行殺人、警察施設の破壊、炎上、職員の大量虐殺。そして、さらには銀河連合主席に対する暗殺計画から、海賊と共謀しての宇宙軍艦隊への敵対行為。これはど多岐に渡る非道行為を連続して犯したクラッシャーは、かって存在しません。しかも、わたしにしてみれば、これはみな血を分けた我が子がやったことです。クラッシャーの不始末は、クラッシャー自身の手でかたをつける。これはクラッシャーの鉄則です。だが、わたしはいま、あえてこの鉄則にいまひとつ条件をつけ加えたい。息子の不始末は、父親の手でかたをつけると」

ダンは一瞬、言葉を切り、評議員たちの顔を眺めまわした。四十五人の評議員は一様におし黙り、表情を固くしている。

「わたしはいまより、クラッシャー評議会議長ではありません」ダンはつづけた。「ただのクラッシャーダンとなります。クラッシャーダンは〈ミネルバ〉を追い、真相を明らかにした上で、この件を処断します。諸君にはこれを黙って、了承していただきたい。むろん、この願いがわたし個人のわがままにすぎないことは重々承知しています。評議会議長はクラッシャーの要職であり、個人の意志などで容易に辞するものではないことも、この制度を確立したわたし自身が、もっともよく理解しています。本当に申し訳ない。親子でクラッシャーの同志たちに、多大な迷惑をかけることとなり、深く恥じています。しかし、そこを曲げてお願いしたい。このわたしを断腸の思いから救う。そう考えていただけたら幸甚《こうじん》です。わたしは、ジョウをわたしの手で断じたい。いまのわたしには、それ以外の道が思い浮かばない。どうか、それを認めてもらえないだろうか。

このことを、心より切望する」

ダンは深々と頭を下げた。

血を吐くような叫びである。反対の声をあげる者は、ひとりもいない。何人かが、そこまでむごく自分を追いつめなくても、という意見を心の奥底に持った。が、ダンの気《き》魄《はく》の前に、それらの言葉はすべて意識の深みに呑みこまれてしまった。

評議会は議長を休職扱いとし、その希望のすべてを満場一致で容認した。

ダンは短く礼を言い、最高会議室から去った。


一時間後。

アラミスのオベロン宇宙港にクラッシャーダンは姿を見せた。愛機〈アトラス〉が整備を完了して、かれを待っている。

〈アトラス〉は二十三番スポットに駐機していた。

全長百二十メートル。最大幅は四十五メートル。水平型の汎用宇宙船だ。全体のフォルムは〈ミネルバ〉によく似ている。垂直尾翼が一枚なのと、主翼がボディと独立して組みこまれているところが少し違う。ノーズも、〈ミネルバ〉より鋭角的だ。色は青銀がかった白。船体側面の流星マークは〈ミネルバ〉と同じ位置にある。尾翼のマークは〝D〟の飾り文字になっている。

ダンは、〈アトラス〉の乗船タラップの前に、ひとりの男が立っているのに気がついた。としは三十七、八といった感じか。ずんぐりとした体軀《たいく》でいかつい顔つきをしている。ダンは、その顔を知っていた。十九年前、バードの後釜《あとがま》としてダンのチームに加わった機関士のドレークである。

「何をしている？　ドレーク」

ダンは険しい声で元機関士に訊いた。

「噂を聞きつけやしてね」と、ドレークは言った。

「おやっさんの性格からしてご自分で行きなさるだろうから、人手が要ると思いやして、駆けつけました」

「人手は要らない」ダンは素っ気なく言葉を返した。

「優秀なロボットを三体、用意した。それで間に合う」

「ご冗談でしょう」ドレークはへっへと笑った。

「この仕事がロボットで間に合うかどうかは、おやっさんがいちばんよくご存じのはずだ」

「自分のチームはどうした？」

ダンはドレークを睨《にら》みつけた。

「本日付けで休暇に入りました。無期限だと伝えてあります。契約も問題ありません」

ドレークは、さらりと答えた。まったくよどみがない。

「…………」

ダンはドレークを無視して、タラップを登った。もちろん、ドレークはそのあとについてくる。こうと決めたら、譲る男ではない。そのことは、ダンがもっともよく知っている。

操縦室に進んで、ダンはさらに驚愕した。

またひとり、男がいる。今度は、空間表示立体スクリーンのシートに堂々と腰を据えている。男は気配を察知し、背後を振り返った。

「タイラー」

ダンの足が止まった。

「やあ、議長」タイラーはシートから立ちあがり、にこやかに言った。

「さっそく教えを乞《こ》いにきました」

「何を言っている！」さすがに、ダンの声が荒くなった。

「おまえは係争中の身だ。勝手にアラミスから離れることはできない」

「それが違うんです」タイラーは微笑みを消さない。

「弁護士から許可がでました。もう裁判に付き合う必要はなくなったって。あとは弁護士同士の話し合いで決着するそうです」

「しかし――」

「親父から聞きました」タイラーはダンの言葉を制し、言を継いだ。「苦衷《くちゅう》、お察しします。だから、連れていってください。さっきの約束を反古《ほご》にしないためにも」

「あのおしゃべりめ」

　ダンは毒づいた。タイラーの父親は、評議員のひとりである。

「こうみえても、自分じゃ、けっこう腕のいい航法士だと思ってるんです」

「ふたつ、言っておくことがある」

　ダンが言った。今度はダンがタイラーの口をつぐませた。

「ひとつはうぬぼれるなということだ。うぬぼれは油断を招く。覚えておけ」

「はい」

　タイラーは直立不動の姿勢をとった。

「それから、もうひとつ。わしはもう議長ではない。だから議長と呼ぶな」

「でも、議長」

「〈アトラス〉では、チームリーダーをボス、もしくはおやっさんと呼ぶ。これも覚えておけ」

「え？」

一瞬、ダンの言葉の意味がわからず、タイラーはきょとんとなった。が、すぐにその表情は一変し、明るくなった。

「じゃあ、ぼくを」

「積みこんでおいたロボットの姿が見当たらない」ダンは言った。

「どうやら誰かに放りだされてしまったようだ」

タイラーとドレークは、そろって視線を外した。天井や壁に目をやっている。ダンは苦笑しながら前進し、操縦席にゆっくりと腰をおろした。

「クルーがいなくては、〈アトラス〉を飛ばすことはできない。出来不出来にかかわらず、ロボットの代理が要る」

「出来不出来は不明ですが、かわりはちゃんといますぜ、おやっさん」

ドレークが動力コントロールボックスのシートに着いた。指が素早くコンソールの上を走った。動力機関のスイッチがつぎつぎとオンになった。

「しかも、〈アトラス〉のことなら隅から隅までわかる最高の人材です」

「なるほど」ダンは小さくうなずいた。

「それで、発進準備はととのっているのかな？　最高の人材くん」

「そりゃもう、いつだってオッケイです」

「ならば、了承するほかはない」

ダンは操縦レバーを握った。

〈アトラス〉が離陸した。

轟音《ごうおん》とともに、オベロン宇宙港から離れた。

3

遊星ファウスト。

銀河の辺境、とも座宙域の外縁を秒速二百キロメートルという猛スピードで迷走している惑星だ。

直径は一万四千キロ弱。しかし、恒星を持たない遊星なので、漆黒の宇宙空間ではその姿を視認することはできない。

マイナス二百度以下の地表。酷寒の遊星である。

かつて、いずこかの太陽をめぐっていたときにはあったであろう大気もいまは失われて、ない。すべてが凍《い》てつき、闇の中に沈みこんでいる。生命体はむろん、絶無だ。バクテリアひとつ生息していない。死と荒廃と暗黒の世界。それがファウストの全貌である。

そのファウスト地表の深く切り立った崖《がけ》の底に。

〈ミネルバ〉がいた。

食いさがる重巡艦隊の追撃をあやういところでかわし、何度もワープを繰り返してやっとの思いでたどりついた安住の地。それが、このファウストである。航路を遠く離れたファウストに近づく宇宙船はどこにもない。航宙図にこそ記載されているものの、この星の存在を知るものはほとんどいないと断言できる。連合宇宙軍の艦長といえども、ファウストの名を耳にしたことはほとんどない。これは、そういう星だ。

「と言っても、いつまでもここにいるってわけにはいかないでしょ」

アルフィンが、ビスケットを口に運びながら言った。〈ミネルバ〉のリビングルームである。ファウストに着陸したあと、数時間の睡眠をとってから善後策を相談するため、四人はここに集まった。

「容疑が容疑だから、ほとぼりがさめるなんてこと絶対にないわ」強い口調で、アルフィンはつづける。

「とにかく、さっさと誰がなんのためにあたしたちを罠にかけたのかを探り、そいつをとっつかまえて無実を晴らさなきゃだめ」

「そのとおりだ。アルフィン」ジョウはミルクティーを一口飲んだ。

「が、問題はどうやってそれをやるか、だ」

「それは、チームリーダーが考えることよ」

「ぶ！」

ジョウはミルクティーを吹いた。

「きったないわねえ！」

アルフィンが金切り声で怒鳴った。

「まあまあ」タロスが間に入った。

「アルフィン。何もかもチームリーダーに押しつけるのは、酷《こく》ってもんだぜ。ここはみんなで知恵を絞るところだ。そうだろ」

なだめ諭《さと》すように言う。

「わかってるわよ。そんなこと」アルフィンはけらけらと笑った。

「ちょっとからかっただけ。いちいち気にしてちゃ、頭禿《は》げるわよ」

どきん、とタロスの心臓が跳《は》ねた。不吉な予感が脳裏をかすめ、冷や汗がたらりと背すじを伝った。

「もしや」

いまのアルフィンの態度は、タロスのある記憶と完全に合致していた。そして、その記憶どおりならば、恐ろしいことが起きる。とんでもない事態に発展する。

タロスは素早く動いた。電光石火、アルフィンのティーカップをつかみ、そこに半分ほど残っていた紅茶を口に含んだ。

「うがっ！」タロスの蒼《あお》い顔が、白くなった。

「ブランデーが入っている」

「ひえぇっ！」

聞くなり、リッキーが後方に飛びすさった。アルフィンには壮絶な欠点がある。酒乱だ。そのすさまじさには定評がある。リッキーは常に、その最大の被害者となってきた。パザムシティでの悪夢は、いま思いだしても、身の毛がよだつ。ここで、あの狂態を再現されたら、どこにも逃げようがない。

しかし。

そこへ救いの主が、がちゃがちゃと音を立てて出現した。

ドンゴだ。

酔っぱらったアルフィンは何か気を引くものがあれば、それに心を奪われ、からむのを忘れる。ドンゴはその気を引くものがあることを知らせにあらわれた。

「キャハハ」ドンゴは甲高い、金属的な声で言った。

「最新ノにゅーすぱっくヲ録画シマシタ。ゴ覧ニナリマスカ？　キャハハ」

「見る！」タロスがソファから立ちあがり、身を乗りだして叫んだ。

「絶対に見る。中身がなんであろうと見る。死んでも見る」

「俺《おい》らも！」

リッキーが言った。必死の同意だ。目が血走っている。

ジョウはティーカップを手にして、そのやりとりを他人事のように眺めていた。とても介入できない。チームリーダーといえども、できることとできないことがある。アルフィンは、さらにけらけらと笑い転げ、ソファの上で丸くなって手足をばたばたさせはじめた。恐怖の光景。そうとしか言いようがない。

ニュースパックを収録したカードが、テーブル脇のコンソールにあるスロットに挿入された。

リビングルームの壁にはめこまれたスクリーンに映像が広がった。八チャンネルステレオの音声が、リビングルーム全体に華々しく響き渡る。

ニュースパックは、ハイパーウェーブで銀河系全域に流されている総合テレビニュースの通称だ。正式名称は『汎銀河用総合テレビニュースセレクトパッケージ』となっている。民間放送企業の共同出資による組織、銀河放送連盟《ギャラクティカプレス》が制作していて、超空間通信機のチューナーを所定の通信域にセットすれば、誰でもそのデータを受け取ることができる。ただし、それを見るためには、有料で視聴キーを購入しなくてはならない。

ニュースパックの中身は、各民間放送企業が制作したニュースの中から、ローカル色の強いものを除いて編集された全銀河系向けの総合ニュースである。データは惑星国家に必ず置かれている中継所を介して一斉発信されるので、どんな辺地にいても、銀河系内ならば受信可能だ。確実にキャッチできる。

放送は銀河標準時で六時間ごと。そのつど、ニュースは更新される。クラッシャーのような宇宙生活者にとって、仲間内の特殊な情報網をべつにすれば、ニュースパックはほとんど唯一の情報源だ。まさしく必需品である。

スクリーンには、例によってニュースパックきっての花形キャスター、エミリオ女史の顔が大きく映しだされた。

視聴者の圧倒的な支持を得ている超人気キャスターだ。年齢はもう五十二歳になるが、ゆるやかにカールした美しい栗色の髪と衰えない若さと、しっとりしたやさしい笑顔、プラス歯に衣着《きぬ》せない鋭い舌鋒《ぜっぽう》で高い評価をその一身に集めている。人気にかけては、他のキャスターの追従をいっさい寄せつけていない。

トップニュースは、豪華客船爆発事故の続報だった。死者が五百人を超える大惨事だ。が、ジョウたちが求めているニュースではない。早送りした。

つぎは、太陽系国家間の貿易条約締結《ていけつ》に関する解説だった。経済ニュースはクラッシャー稼業に密接しているようでいて、縁がないもののひとつである。したがって、これも早送りとなった。

三番めのニュースが銀河連合首脳会議、すなわちジョウたちがいまいちばん見たがっているニュースだった。四人とも興味津々《しんしん》となり、ソファの上で身構えるようにして、スクリーンと対峙《たいじ》した。

まず、ド・テオギュール主席へのインタビューがあった。これは連続物で、今回が第六回。一問一答形式による会議の内容説明だ。あまりおもしろくない。それが終わって、画面ががらりと変わった。どこか近代都市の一画と思われる風景になった。ギランの都市、エリニュスというナレーションが入った。レポーターが市民を街頭でつかまえ、会議に対する要望を聞くという趣向である。意味不明のものやピント外れの意見が多く、このコーナーはけっこう楽しめた。

そして、そのあとがド・テオギュール主席暗殺団の話題、つまり、クラッシャージョウとその一味のニュースとなった。

キャスターのエミリオ女史自身がスタジオにゲストを招き、事件に関して話を聞くという形式だ。ゲストは、連合宇宙軍幕僚総長のベルガブリエフである。

「えらい大物がでてきやがった」

タロスが鼻を鳴らして、つぶやいた。

連合宇宙軍幕僚総長。

宇宙軍最高幹部のひとりである。具体的にいうと、軍最高司令長官に次ぐ、ナンバー2だ。相当に大きな事件であっても、おいそれと会見に応じてくれる人物ではない。それがわざわざ放送局のスタジオまで出向いてきたのだ。このことからだけでも、今回のド・テオギュール暗殺計画事件を、連合宇宙軍がいかに重要視しているかが知れた。

「ベルガブリエフさん」エミリオ女史は幕僚総長を肩書きではなく、その名で呼んだ。

「本日はご多忙のところをはるばるおいでいただき、感謝の言葉もございません」

「いやいや」

ベルガブリエフは鷹揚《おうよう》にうなずいた。大柄で、とくに頭が不釣り合いにでかい男だ。比例して、目も鼻もへの字に結んだ口も、そのサイズが並みの人間の倍ほどある。髪は軍人らしく短く刈りこまれ、あまり立派ではないが、鼻ひげもたくわえている。肌は宇宙焼けの赤銅色。モスグリーンと金モールの軍服を着用し、軍帽は膝の上に置いてある。四十八歳。切れ者との噂が高い。

「それではまず、事件のこれまでの経緯をおうかがいしたいのですが」

エミリオ女史が婉然《えんぜん》と微笑《ほほえ》んで訊いた。ベルガブリエフはそれに応え、ロサンゼルスの行きずり殺人にはじまるクラッシャージョウチームの動きのあらましをかいつまんで語った。だが、その表現が厳しい。尋常《じんじょう》でない過激さである。

「あのごろつきども」

「人の心を持たぬ鬼のごときやから」

「血に飢えた野獣」

ジョウたちをまるで悪魔か怪物のように言う。これを耳にした一般市民は、ジョウたちを確実に凶悪な殺人狂と思いこむはずだ。それほどひどく、かつ執拗《しつよう》に、ベルガブリエフはジョウたちを罵った。

「すると、その危険極まりない犯罪者たちは、重巡洋艦九隻の艦隊で一度は追いつめられながらも、結局、リカオンで逃げきってしまったのですね」

エミリオ女史が言った。

「そうです」ベルガブリエフは苦々しい表情で、大きくあごを引いた。

「まさか宇宙海賊と組んでいるとまでは思ってなかった。いまから思えば、クラッシャーと宇宙海賊。似たような連中ですから、こういうことも予想しておくべきだったのでしょう。まことにもって、残念でなりません」

言葉とは裏腹に、ぞんざい無比の口調と態度で幕僚総長はそのように断じた。

4

「残念というよりも、由々《ゆゆ》しき状況ですね」エミリオ女史が鋭く突っこんだ。

「クラッシャーの行方は、まだつかめていないわけですし」

「まだです」ベルガブリエフは、苦渋《くじゅう》の表情を浮かべた。

「宇宙軍艦船二千隻を投入し、各太陽系国家の警察、宇宙軍の協力も受け、さらには一般船舶に対してもA級手配をおこなっていますが、手懸りは得ていません。必死の捜査を継続しています」

「ベルガブリエフさんは、護衛として採用したクラッシャーが、主席暗殺を画策していたことについて、どのようにお考えですか?」

「うーん」ベルガブリエフは言いよどんだ。

「それは、わたしが答える立場にないことです。クラッシャーの登用は主席ご自身が決められました。わたしとしては銀河連合の見解に従うとしか言いようがありません」

「なによ、こいつ!」アルフィンがうなるように言った。

「ひっどいことばっかしほざいてる」

声がとげとげしい。アルコールと怒りの相乗作用で、顔が真っ赤に染まっている。

「なにが、ごろつきよ! なにが野獣!」ソファの上で跳ね飛びながら、わめきちらす。

「ちっとはまじめに真相を追求したらどうなの。あたしたちが、そんなことするわけないでしょ」

「……しかし、完璧ともいえる捜査力を誇りとする連合宇宙軍です。必ずや犯人どもを逮捕し、真相を解明してごらんにいれます」

また、いいタイミングで、ベルガブリエフの言葉がアルフィンの罵詈《ばり》雑言《ぞうごん》に重なった。

それを聞いて、アルフィンは逆上した。

「うにゃにゃいわねえ！」

ティーカップのソーサーを鷲掴《わしづか》みにし、スクリーンに向かって投げつけようとする。

あわててタロスが、それを制した。アルフィンの手首をつかんだ。

「はにゃせ！」

アルフィンがもがく。

「おかしいなあ」

そのときだった。だしぬけにリッキーがつぶやいた。こういう場合、いつもなら率先して馬鹿騒ぎに加わり、事態をいっそう混乱させるリッキーである。それが、タロスとアルフィンの格闘に見向きもせず、スクリーンを食い入るように見つめて、ぼそりと言葉を発した。

「なに？」「え？」「なによ？」

ジョウ、タロス、アルフィンの三人は意表を衝《つ》かれ、唖然《あぜん》としてリッキーに目をやった。

「やっぱ、おかしいよ」

リッキーは、そんな周囲の反応を気にすることなく、もう一度つぶやきを漏らした。

「だから、なんだってんだ？」

ジョウがじれた。

「あの幕僚総長だよ」リッキーは振り返り、スクリーンを指差した。

「あいつが、何かこう……」

「おかしいところでもあるのか？」

「じゃなくって、なんて言うか、その、見覚えがあるんだ」

「見覚え？」

「ああ、どっかで会ったことがあるような」

「あんたの知り合いなの？」

アルフィンが訊いた。

「まっさかあ。ローデスでかっぱらいやってた俺らが、自慢じゃないけど幕僚総長を知ってるわけないだろ！」

「ほんとに、自慢じゃないわね」

「記憶違いだろ。リッキー」

「たぶん」ジョウにそう言われ、リッキーの表情が曇った。

「でもねえ」

「ちょいと、待ったり！」

タロスが口をはさんだ。

「なんだよ？」

「リッキーだけじゃねえ」タロスは意外なことを言った。

「実は、俺も、どっかでやつの顔を見たような気がする」

「なに？」

ジョウの頬がぴくりと跳ねた。

「タロス、どこで？」

リッキーの目も強く輝く。

「それがなあ」タロスは親指と人差指で額を押さえ、考えこんだ。

「古い記憶じゃないんだ。うんと新しい。それは間違いない」

「そう。そうなんだよ」

リッキーが言う。リッキーも腕を組み、なんとか記憶を絞りだそうとしている。

「………」

タロスは目を閉じ、気を集中させた。見るからに、一心不乱という感じだ。

「あっ！」

タロスが叫んだ。

「あっ！」

直後にリッキーも叫んだ。

「思い出したぜ」

「同じく」

「ギランだ！」

最後は合唱になった。

「ギラン？」

これまた合唱し、ジョウとアルフィンが訊いた。

「コーラルで遭難していた小型宇宙艇だ」

リッキーがせかせかと言う。言葉にするのが、まどろっこしい。おまけに、あせるので舌がうまくまわらない。

「三人乗ってたでしょう」タロスがつづきを引き取った。

「あの中のひとりです。間違いない、絶対にいた」

「ああっ」

ジョウも叫んだ。言われて、とつぜん、ギランでの光景が脳裏に甦《よみがえ》った。

「いちばんうしろのシートに着いていたやつだ」

スクリーンを指し示して言った。

「そうです！」

タロスが拳を握る。

「や！　あたしだけがわかんない」

ひとり取り残され、アルフィンがむくれた。

「映像データだ！」リッキーが昂奮して両腕を振りまわし、大声で言った。

「映像データが保存してある」

「そうだ」ジョウも気負いこみ、ソファから立ちあがった。

「ギランの映像データはコンピュータに記録したままだ」

「呼びだそう」

タロスがコンソールのキーを叩いた。ギランの映像データを検索して取りだし、ただちにリビングルームのスクリーン上で再生を開始した。メインスクリーン横の小型スクリーンに、ニュースパックから抜きだしたベルガブリエフの顔の静止画像も入れた。

早送りして、コーラルでの録画映像までデータを進めた。赤いギラン宇宙軍の小型宇宙艇がスクリーンに映った。画面いっぱいに、衛星コーラルの岩蔭にひそんでいる。画像がゆっくりとズズームインした。画面いっぱいに、宇宙艇のキャノピーが広がった。解像度をととのえ、映像を鮮明に加工する。

宇宙服を着た三人の男がはっきりと見えた。その最後尾《さいこうび》の男の顔が中心にきた。

「ストップ」

ジョウが言った。画面がピタリと止まる。

「…………」

四人は無言で、ほおと息を吐いた。

「大当たりだ」

ややあって、リッキーが言った。

「ああ」ジョウは大きくうなずいた。

「どうやら読めてきた」

小型スクリーンの顔と比較するまでもなかった。宇宙艇内の最後尾にいる男は、見まがうことなくベルガブリエフ幕僚総長だ。完全に、同一人物である。

「ただの罠じゃねえとは、うすうす感じていたんですがね」しばらく間を置き、全員が落ち着くのを待ってから、タロスが低い声で切りだした。

「ロサンゼルスの警察署を破壊した、あの鮮やかな手ぎわ。〈ミネルバ〉を宇宙港から発進させて、放置した大胆な手口。そこらへんのチンピラ風情《ふぜい》にできる仕事じゃないですよ」

「だが、やったのが連合宇宙軍、それも、幕僚総長がらみとなれば、話はべつか」

「すべて辻褄《つじつま》が合います」

タロスとジョウは互いに視線を合わせ、あごを引いた。

「俺は、ザツーンに重巡艦隊が追っかけてきたときから連合宇宙軍を疑っていた」ジョウは言を継いだ。

「俺たちのワープは、連合宇宙軍に尾《つ》けられるワープではなかった。少なくとも、最初からワープトレーサーで〈ミネルバ〉をマークしていない限り、追尾は不可能なワープだった」

「レーダーレンジ内に、艦隊はいなかったわ」

アルフィンが言った。まともな口調だ。どうやら、いきなり酔いが醒《さ》めてしまったらしい。

「ワープトレーサーのレンジはレーダーのそれよりも、はるかに広い。目標物の位置さえ正確に把握していれば、レーダー外のワープであってもトレースは可能だ」

ジョウは腰をソファに戻した。

「聞いてくれ」仲間三人の顔をひとりずつ見た。

「いまから、俺の推理を話す。異論があれば、遠慮なく指摘してほしい」

「オッケイ」

「いいわ」

「うかがいます」

「俺たちを罠にはめた連中がいる。仮に〝やつら〟と言っておこう」ジョウは口をひらいた。

「やつらは、つぎのような策略をつくりあげた。まず、俺たちの偽物《にせもの》を用意した。そして、かれらに通りすがりのアル中爺さんを殴り殺させた。目撃者がいることは承知していた。当然、俺たちは逮捕される。この件はすぐに証拠不十分で釈放されるほどの幼稚な手口だったが、それはどうでもよかった。その夜、一連隊にロサンゼルス東署を襲わせたからだ。目撃者をすべて抹殺《まっさつ》する徹底的な襲撃をおこなった。ロサンゼルス東署は炎上し、俺たちは薬で眠らされて宇宙港へと運ばれた。宇宙港にはあらかじめ別働隊が派遣されていて、〈ミネルバ〉はとうに制圧されている。その〈ミネルバ〉の船内に俺たちを投げこみ、兵士が操縦してソルの星域外にでて、SER・一一八九・C三二に向かい、ワープした。そこには、九隻の重巡洋艦が待ち構えていた。〈ミネルバ〉を操縦してきた連中は、そっちに移ったんだろう。九隻の重巡洋艦は、ワープトレーサーで〈ミネルバ〉を捕捉したまま、レーダーレンジの外にでて待機態勢に入った。待つのは、俺たちが目覚め、予定どおり〈キングソロモン〉がこの航路を通過するまでのことだ。むろん、〈キングソロモン〉にはA級手配がぬかりなく打電されている。〈キングソロモン〉は、俺たちと交信するのと同時に、主席暗殺団発見の報を宇宙軍に送った。俺たちはそれを知り、すぐにワープして逃げた。しかし、実際には通報は無用だったのだ。重巡艦隊は最初から〈ミネルバ〉を張っていたのだから」

「でも、どうしてそんな手間をかけたのかしら」自問するように、アルフィンが言った。「通報がなくたって、勝手に見つけて、勝手に捕まえればすむことじゃない」

「やつらにしてみれば、正当な筋書きがほしかったんだろう。要するに、民間船の通報を受けて出動したら抵抗された。そこで、有無を言わさず五十センチブラスターで吹き飛ばした。そういうもっともな筋書きが必要だったんだ。どうせ証拠は、滞在していたロスのホテルであとから見つかることになっている」

「それで、俺らたちは完璧にド・テオギュール主席暗殺団になるってわけだね」

リッキーが言った。

「宇宙軍に消されちまったから、反論はもうできない。あいつらが本気になって牙《きば》を剝《む》けば、何もしていない人間があっという間に大罪人となって殺される。こいつはその見本のようなものだ」

タロスが肩をすくめた。

「ミスは、リカオンで俺たちを逃したことだけだ」ジョウはスクリーンに映るベルガブリエフの顔をきっと睨み据《す》えた。

「きっと、でかいミスにしてやる」

ジョウは右手で拳をつくり、それで左のてのひらをぱんと打った。乾いた音が、リビングルームに甲高く響いた。

5

「でもさあ」リッキーが首をひねりながら、訊いた。

「どうしてベルガブリエフは、俺らたちを殺そうとしてるんだよ？」

「直接の原因は、ギランで俺たちがやつを見たからだ」タロスが答えた。

「あいつ、きっと見られては困るやばいことを、あそこでしていたんだろう」

「それなら、ホテルにあの黒い兵士を送って、一気に殺しちゃえば簡単じゃないか。何もわざわざ主席暗殺団に仕立てあげなくったって、あいつらの腕なら失敗はなかったはずだ」

「仕立てたのは、仕立てあげる必要があったということだ」ジョウが口をはさんだ。

「見られる前から考えていたか、見られたから思いついたのか、とにかく、そうすることで何かメリットがあると、ベルガブリエフは判断した」

「まさか、やつが主席暗殺を？」

　タロスの顔色が変わった。

「可能性は十分にある」ジョウは冷静だった。

「なぜなら、やつがとんでもない企みを抱いている証拠がもうひとつあるからだ」

「証拠?」

「やつの乗っていた宇宙艇だ。あれはギラン宇宙軍のものだった」

「あっ!」

「連合宇宙軍の幕僚総長が、ギラン宇宙軍の三座小型宇宙艇に乗るか? 護衛も従えずに宇宙空間をうろつくか? そんなこと、あるわけがない。ただし、両者が手を組んで何か謀略をめぐらしていたのなら、話は違ってくる。片や連合宇宙軍の最高幹部。片や銀河連合首脳会議を開催する太陽系国家ギランの宇宙軍。異様な取り合わせだが、さて、こいつらが組んだら、何が起きると思う?」

「わかりませんね。いまあるネタだけじゃ」タロスが、かすれ声で言った。

「だが、ひとつだけはっきりしている。何か起きたら、銀河中がひっくり返りますよ」

「そんなあ」リッキーが、うろたえた。

「俺らたち、どうすりゃいいんだい?」

「この陰謀をあばき、そのすべてを白日のもとにさらして、俺達の無実を証明する」

ジョウの答えは簡潔にして明瞭《めいりよう》だった。

「むちゃだよ」

リッキーは激しく首を横に振った。そのとおりだ。お尋ね者のクラッシャー四人がどうあがこうと、連合宇宙軍とギラン一国の連合組織に立ち向かえるはずがない。

しかし、ジョウは譲らなかった。

「むちゃでもなんでもかまわない。やるんだ。これだけが俺たちに残された、生き残るための唯一の道だ。逃亡はできない。ここに留まることもできない。放置しておいて事態が好転することもない。それがいまの俺たちが置かれた状況だ」

「ですが」と、タロスが横から言った。

「そいつは口で言うほど楽じゃない道です。敵は強大で、しかも、俺たちはお尋ね者ときている。どんなにやる気があっても、俺たちだけじゃ、打てる手も打てません」

「それは……たしかにタロスの言うとおりだ」ジョウは首をめぐらした。

「だから、俺は力を借りようと思っている」

タロスに向かって言った。

「力？　誰のです？」

そんな者がどこかにいるとは、タロスには思えない。

「宇宙軍が相手だ。宇宙軍から借りるさ」

「まさか？」

タロスの表情を複雑なものがよぎった。

「わかったらしいな」ジョウは口の端で、かすかに笑った。

「そうだ。バードを呼ぶんだ」

バードを呼ぶ。

それは容易なことではなかった。

バードは連合宇宙軍の中佐である。所属は情報部二課。公安事件を主として担当している。十九年前、ゆえあってクラッシャーをやめた男だ。それまでは、クラッシャーダンの〈アトラス〉でタロスのチームメイトとして活躍していた。

「そりゃ、バードなら俺たちがド・テオギュール主席暗殺団だなんて、思っちゃいないでしょう」タロスは言った。

「でも、あいつがわれわれと親しいってことは、確実に当局のデータに記録されています。となれば、当然、マークが入っているはずだ。おそらく、こちらが連絡をとるのと同時に逆探知がおこなわれ、数時間と経たないうちにファウストの衛星軌道が連合宇宙軍の大艦隊で埋めつくされることでしょう」

「それでも、俺はバードを呼びたい」ジョウは引きさがらなかった。

「いま、この逼塞《ひっそく》した状況を打ち砕き、たとえ制限付きであっても、俺たちに行動の自由を与えてくれるのは、バードだけだ。反対するのもいいが、それよりも、なんとかバードをここに呼ぶ手だてを考えてくれ」

「不可能です」

「不可能なんて言葉は聞きたくない」

「無理です」

「無理も聞きたくない」

ジョウとタロスが睨み合った。ふたりの視線の間で火花が激しく散った。

「あのう」

リッキーが恐る恐る、ふたりに声をかけた。

「なんだ！」

嚙みつきそうな顔つきのジョウである。

「うるせえな」

タロスも目の端を高く吊りあげている。

「俺らにひとつ案があるんだけど」

「案だと！」

ジョウは声荒く怒鳴った。どうもタロスとの言い争いで、大声をだす癖《くせ》がついてしまったらしい。

「ひ、ひえ」

リッキーは怯えた。

「だから、どういう案だ？」

ジョウの声は小さくならない。

「いまめている、バードを呼ぶための案なんだけど。その……」

「なに！」ジョウはさらに大きく声を張りあげた。

「タロス、聞いたか？　おまえはぐだぐだ文句を言っているのに、リッキーでさえも、けなげにアイデアをだそうとしてるんだ。ちっとは見習え」

「リッキーでさえ、だって」

小声でリッキーはいじけた。

「さあ」と、ジョウはリッキーに向き直った。

「おまえのとっておきの案を聞かせてくれ。タロスに一泡《ひとあわ》吹かせてやれ」

「ひゃはははは」タロスが笑った。

「リッキーの思いつきで一泡吹けたら、こんなめでたいことはないですよ」

はなから馬鹿にしている。リッキーは、かっとなった。

「そうかよ。じゃあ、めでたくしてやる。聞いて驚くな」

そう前置きして一拍、間を置き、息を軽く吸ってから、少しうわずった声で、リッキーは言葉を吐きだした。あまり自信のある案ではなかったが、こうなってはもうひっこみがつかない。

「バードを〈ミネルバ〉から直接呼ぶのは、タロスのアホが言うようにとてもやばいことだと、俺らも思う。どんなにうまくこちらの正体を宇宙軍に対して隠しとおせたとしても、ファウストにきてくれと言った時点で、間違いなくばれる。そんなところに人を招くやつなんて、どこにもいないから」

「ほお。リッキーにしては、まともな現状分析だ」

「黙ってろ！」

タロスのちゃちゃ入れを、ジョウが一喝《いっかつ》した。

「だけど、バードを呼ぶのに、直接バードと連絡をとらないですます方法がひとつだけある」リッキーは言を継いだ。

「それを使えば、待ち構えている宇宙軍をだしぬくことも可能だ」

「さっさと言え」タロスがじれた。

「その方法って、なんだ？」

「バード本人じゃなくて、バードの部下に連絡をつけるんだ」

「なんだとお？」タロスが細い目をいっぱいに見ひらいた。

「馬鹿が。それは直接連絡と同じだ。そんなことをしたら、一発で宇宙軍にキャッチされる」

「ところが、そうじゃないんだ」リッキーは必死の形相《ぎょうそう》で、タロスに対抗した。

「タロスはこなかったけど、俺らたち、この前のカインの帰りに、バードんちに寄ったんだ。そんときに俺ら、聞いちまったんだ。バードの所属する情報部二課はスパイ活動専門だから、命令系統が他の部署《ぶしょ》とまるっきり違うってことを」

「だから、どうだってんだ?」

「つまり、バードの部下は、バードとだけつながってるんだ。バードの上官も、ほかの将校も宇宙軍のシステムも、いっさい関係なし。かれらはバードの命令だけを受け、バードひとりにだけ任務の報告をしている」

「てえことは」

「バードの部下と連絡をとれれば、A級手配も宇宙軍の捜査も無関係。その伝言は、まっすぐバードひとりだけに報告される」

「うまいぞ、リッキー」

ジョウが言った。破顔一笑になった。

「だが、バードの部下に連絡をとれなきゃ、その手は使えねえぞ」

タロスは少しむくれ、ケチをつけた。

「それが、ざまあみろさ」リッキーは勢いづいて言った。

「俺ら、そこでバードの部下のひとりと意気投合して、こっそり、そいつの連絡先を教えてもらったんだ」

「ちいっ」

タロスは舌打ちし、唇を嚙んだ。すべてのクレームをリッキーに蹴散《けち》らされた。

「いいぞ、リッキー。いままで最高の出来だ」ジョウが賞賛した。

「すぐに、その部下とコンタクトしよう」

「そうこなくっちゃ」

リッキーは喜んで、ソファの上で飛び跳ねた。

「ここへくるとき、バードがあとを尾《つ》けられたら、事ですぜ」

真顔になって、タロスが言った。

「そいつは、バードが工夫することだ」

ジョウは意に介していない。

「それは、そうですな」

最後の反撃も通じなかった。完全にタロスの惨敗《ざんぱい》となった。

「操縦室に行くぞ」

ジョウはリッキーをうながした。超空間通信機は操縦室にしかない。

「あいよ」

リッキーは立ちあがり、ドアに向かった。

「リッキー」その背中に、タロスが声をかけた。

「俺の負けだ」

「いえい！」

リッキーはうしろを振り向き、にこっと笑って指でVサインをつくった。

「やれやれ」

タロスもVサインで、それに応《こた》えた。

6

リッキーと親交を結んだバードの部下は、ビッグスといった。

リッキー会心のアイデアだったが、ビッグスと連絡をつけるのは、思ったよりもむずかしかった。

ジョウはまず、ハイパーウェーブで惑星デランタの泣き虫《クライベビー》シャットを呼びだした。泣き虫シャットは、主に暗黒街の人間を相手にして〝なんでも屋〟をやっている男だ。どんなならず者の注文でも、殺し以外なら絶対に引き受ける。殺しを引き受けないのは、世の中にはそれだけの専門家がいるからだ。口が堅く、仕事が確実なので、なんでも屋としての評判はひじょうに高かった。

泣き虫シャットのオフィスがでた。

ジョウがシャットに依頼したのは、電話連絡の代行だった。リッキーがビッグスから教わったのは、ビッグスの自宅電話番号である。ハイパーウェーブを個人の電話機につなぐためには、星間電話公社を通さなくてはならない。その際、氏名と船体コード番号の提示が必要とされる。A級手配された身としては、それが通るに通れぬ関門となっていた。

泣き虫シャットはジョウの名を聞いても何も言わなかった。仕事の内容を確認し、あっさりと電話の代行を引き受けた。もっとも、足もとを見たのだろう。謝礼の金額は異様に高かった。ジョウは怒りを抑え、その要求を完全に呑《の》んだ。

ビッグスに伝えてもらうセリフを告げた。

「ファウストを読み終えたか、バードに訊いて。ケイ」

それだけだ。

これはクラッシャーがよくプライベート通信に使う、語呂《ごろ》合わせ型の簡単な暗号だ。暗号を用いたのには、理由があった。

情報部二課に所属するビッグスが自宅にいる確率は極めて低い。むしろ、バードとともに宇宙船に乗っていると考えたほうが自然だ。ひょっとしたら身分を隠し、どこかにスパイとして潜入しているかもしれない。

もしも、バードの宇宙船に乗り組んでいれば、自宅にかかった電話は自動交換装置によってハイパーウェーブに渡され、宇宙船へとまわされる。特殊任務にあるビッグスの自宅の電話は原則として非公開で、かかってくる電話はすべて重要事項ということになっているからだ。

問題は、その転送のときだった。

バードのハイパーウェーブの通信域は、おそらく当局にマークされている。うかつにジョウの名前でもだそうものなら、たとえビッグス宛であってもチェックされる。といって、あからさまな暗号では、これまた怪しまれる。その点、クラッシャーの語呂合わせなら、簡単なわりには意味不明だし、バードひとりにしか内容が通じない。それでいて、ふつうの言葉になっている。

「電話はすぐにかけておく」

泣き虫シャットがそう言い、ジョウは短い通信を終えた。

あとはただ、待つだけだ。

バードの反応があるまで。


とかげ座宙域に、バードはいた。

銀河連合首脳会議を前にして、犯罪シンジケートにもさまざまな動きがあった。宇宙海賊の動向がとくに目立った。みな、この機会に一山当てようと策を練っている。大きなイベントは、大きな金になる。

情報部二課は、多忙を極めた。

海賊の情報を探り、噂の真偽を確実にたしかめる能力を有しているのは、連合宇宙軍では情報部二課と特別機動隊別班だけである。他はすべて戦闘専門の部隊だ。しかし、情報は、この二部門だけでは処理しきれないほど多く銀河系全域をあわただしく飛びかっている。バードは宇宙の端から端まで、ただもうひたすらに忙しく駆けめぐらねばならなかった。

愛用する宇宙船は〈ドラクーンII〉。

百五十メートル級の垂直型駆逐艦を改造した船だ。形状は、先端が針のように尖《とが》った紡錘形《ぼうすいけい》である。本来は細身でスマートな船体なのだが、この船に限っては、外鈑のそこかしこに半球状のコブが、いくつもグロテスクに飛びだしている。すべて、索敵、情報蒐集《しゅうしゅう》用の電子装置である。船体の塗装も視認を困難にするため、味もそっけもない艶《つや》消《け》しの黒だ。

銀河連合首脳会議まで、あと十日。

バードは、艦橋《ブリッジ》の艦長席で、知らず物思いにふけっていた。大柄な体軀に盛りあがる筋肉の小山。角張った顔と実直そうな小さな目。ひいでた額にふわっとかかるブラウンの髪。なぜか、そのどれもが力を失ってぐったりと弛緩《しかん》している。口にだらしなくくわえたアンティークのパイプから立ち昇る煙が、ぼんやりと青い。

バードは、ジョウたちのことを考えていた。

どうにも不可解な事件である。何やら、きな臭い匂いが漂っている。チームのうち、リッキーとアルフィンのことはそれほど詳しくは知らないが、ジョウとタロスはべつだ。タロスがいるジョウのチームが、行きずりの殺人を犯したり、主席暗殺計画を企図したりするはずがない。バードにとって、かれらが罠にはまったということは、疑うべくもない事実となっている。

が、バードはまだ自由に動くことができない。

まもなく、このとかげ座宙域の任務が終わる。

と、バードは思った。

完了すれば、海賊騒ぎも一段落だ。時間がとれる。そうしたら、その時間を利用して、ジョウの捜査にもぐりこもう。うまくいけば、助けてやれる可能性がある。

「ビッグス」

バードの右どなりで、通信士のクマリが機関士のビッグスに声をかけるのが、聞こえた。〈ドラクーンII〉のブリッジは、床面が直径八メートルの真円形である。あまり広くはない。しかも、中央の一・五メートルがエレベータシャフトになっていて、実際に使える範囲はもっと狭い。その床をぐるっと囲む壁面はスクリーンやメーター類のパネルとなっている。パネルは用途別に六つのパートに分かれていて、それぞれに向かってシートがしつらえてある。主操縦士、艦長、機関士、通信士、一般航法士、特殊航法士の席だ。時計まわりで、そのように定められている。

「ビッグス。おまえ宛《あて》に通信が入ったぞ」

「俺に？」

ビッグスは怪訝な表情《かお》をつくった。

「ああ、おまえだ。自宅にかかった電話が転送されてきた」

「…………」

ビッグスのまなざしに鋭いものが走った。自宅の電話番号を知る者は少ない。かかってくるとすれば、相当に重大な内容のはずだ。

ビッグスの正面にあるスクリーンに通信がまわされた。

「！」

ビッグスは啞然となった。驚きで、声もでない。

スクリーンに映ったのは、二十五、六の若い赤毛の女性だった。しかも、それはビッグスの知る顔ではない。

口をあんぐりとあけ、目を丸くしてスクリーンを見つめているビッグスを尻目に、女性はにこやかに微笑んで言った。

「元気？　ビッグス。あたし、ケイよ。ファウストを読み終えたか、バードに訊いてくれない？　じゃあね」

　そして、通信は一方的に切れた。

　どのくらい硬直していただろうか。ビッグスは、とつぜんバードに怒鳴られてはっと我に返った。

「何をぼんやりしてる。ビッグス！」

「え、あの、その」

　ビッグスはうろたえ、きょろきょろと周囲を見まわした。

「よほど、いい通信が届いたようだな」

　そのさまを見て、バードはからかった。

「そんなんじゃないです。キャップ」ビッグスは首をひねりながら、大声で言った。

「いまの通信、キャップの耳に聞こえていませんか？」

「俺の？」バードは笑った。

「俺はプライベートな通信は聞かないようにしている」

「いや、それが自分宛の通信じゃなかったんです」

「誰宛だ？」

「キャップ宛です」

「おいおい」

バードは笑った。中身は無視したが、通信の声が女のものであることはわかった。バードに女性から通信が入ることはない。

「本当です。キャップ！」バードに笑われ、ビッグスは少しむきになった。

「間違いなくキャップ宛です。赤毛の女が〝あたし、ケイよ。ファウストを読み終えたか、バードに訊いて〟と言い、さっさと通信を切ってしまったんです」

「なにっ！」バードの顔色が変わった。

「きさま、俺をからかってるのか？」

「そんなことしません。本当です」

バードの剣幕に、ビッグスはうろたえた。

「内容を記録してあるか？」

通信士に、バードが訊いた。

「いえ」通信士は首を横に振った。

「プライベートでしたから」

「もう一度、なんと言ったか聞かせろ」

バードはビッグスに向き直った。

「あたし、ケイよ。ファウストを読み終えたか、バードに訊いて」

ビッグスは抑揚のない、棒読みで言った。それがバードには妙に生々しく響いた。

タロスだ！　さもなければジョウだ！　俺に助けを求めている。

直感的にそう思った。A級手配されている以上、尋常《じんじょう》な手段では連絡をとれない。それで、こんなまだるっこしいマネをした。

「ビッグス」バードは言った。

「おまえ、この間、クラッシャージョウのチームと会ったとき、その中の誰かに電話番号を教えなかったか？」

「え？」

「教えなかったかと訊いているんだ」

「あ、はい。リッキーって機関士に。酔いにまぎれて、つい」

「教えたんだな」

「はい」

やはり、そうだった。となれば、この伝言を発信したのは、間違いなくジョウかタロスだ。

では、この言葉の意味するものは？

「ファウスト」

知らず、つぶやいた。ファウストにいる。そういうことだ。

「ガーリン」

首をめぐらし、バードは特殊航法士を呼んだ。

「はっ！」

「そっちは、いつ終わる」

「データ収集なら、あと二時間もすれば完了します。その後に分析作業をおこないます」

「わかった」バードは一般航法士に視線を移した。

「カナック。すぐに調べろ。七百メートル級コンテナ船を扱っている業者と、遊星ファウストの位置座標だ」

「はっ、はあ」

カナックには命令の意味が理解できない。

「何をするんですか？」

ビッグスがバードの顔色をうかがいながら、訊いた。

「おもしろいことだ」バードはにやりと笑った。

「黙って、ついてこい」

低い声で、言った。

第四章　古城潜入

1

「みごとな手ぎわね。ベルガブリエフ幕僚総長」

メイ・アレクサンドラが言った。ギランの首都エリニュスの一画に聳《そび》え立つ、宮殿のごとき総統官邸の、豪華に飾られた一室の中である。

「お褒《ほ》めにあずかって光栄です。総統閣下」

ソファに深々と身を沈めてメイ・アレクサンドラと対しているベルガブリエフは、慇《いん》懃《ぎん》に頭を下げた。

「クラッシャーをおとりに仕立てあげるなんて、本当に妙手を思いつかれたものです。ああいうやつばらが護衛について、厄介なことになるのでは、と危惧《きぐ》しておりましたが、いともあっさり消え去った上に、一転、宇宙軍に追われる立場になろうとは、驚くほかありません」

　そう言うと、メイ・アレクサンドラはほほほと声をあげて笑った。高く結《ゆ》いあげた髪を飾る宝石。首と腰を帯状に飾る宝石。指輪として十本の指を飾る宝石。それら、おびただしい数の宝石がからだの動きにつれて微妙に揺れ、シャンデリアの光を反射して、さんさんと燦《きらめ》いている。身にまとった淡い色の薄絹のドレスもまた、ゆるやかなさざ波を立てていて、そのさまは絢爛《けんらん》、壮麗としか表現のしようがない華やかさだ。

「禍《わざわい》を転じて福となす。これがわたしのやり方です」ベルガブリエフはメイ・アレクサンドラを前に、泰然と応じた。

「もともと邪魔なやつら。しかも、ギランでわたしを目撃してしまった連中を、逆にわれわれの計画を隠蔽《いんぺい》するための生贄《いけにえ》として用い、葬る。言ってみれば、兵法の極意《ごくい》ですな」

「で、現在の状況はどうなっておりますの？」

　ベルガブリエフの自画自賛をさらりと聞き流し、メイ・アレクサンドラは話題を変えた。

「順調そのものです。計画は着々と進行しています」

　幕僚総長は即座に答えた。その物腰からは、自信がプラズマのように熱くあふれだしている。

「具体的にお聞かせください」

「いいでしょう」ベルガブリエフはわずかに身を乗りだし、軽く唇を舐《な》めた。

「まず、火星《マルス》の連合宇宙軍総司令部ですが、参謀本部付の将官、佐官クラスはあらかたこちらの息のかかった者に切り換えました。参謀本部はなんといっても要《かなめ》です。荒療治をおこないました。もっとも内局の方は手つかずです。あそこの人事だけはうかつに介入すると、連合側に筒抜けになりますので。もっとも、たかが事務レベル。いざとなったら、占拠して機能を麻痺《まひ》させてしまえば害はないでしょう」

「…………」

「つぎが、同じくマルスに置かれている情報部一課への工作です。これは二課と違い、司令部に付属する情報分析専門の大組織となっています。当然傘下《さんか》への組みこみは必須です。作業は、現時点で成功したと言える段階にまできています。武官の三割、技術将校の一割を押さえました。武官をもう何人か宣撫《せんぶ》すれば事足りる状況です」

「肝腎《かんじん》の戦闘部隊のほうは、どうなんです？」

「連合艦隊の司令官クラスは完璧といっても過言ではありません。全銀河系七十八の艦隊のうち、十二の艦隊司令官がわれわれの意見に賛同し、参加を約しています。そのほかにも十九の艦隊で、副司令もしくはそれに次ぐ佐官クラスが、こちらの麾下《きか》に入りました」

「半分も掌握《しょうあく》していないように思われますが？」

メイ・アレクサンドラが眉をひそめて言った。〝神技の行政〟と謳《うた》われたこの傑物にしても、軍事はもっとも苦手とするところである。

「宇宙は広い」ベルガブリエフは手を振り、総統の疑念を払うべく答えた。

「指揮権がわたしにある以上、われわれに否定的な司令官をいただく艦隊は、いたずらに銀河の海をさまようことになります。それに万が一、この挙に気づいて行動しようとしても、情報部一課がこちらの手にある限り、何もできません。ひるがえって、この艦隊が各太陽系国家の艦隊を制圧することを考えると、これはもう確実に強力な勢力となっています。ただし……」

「ただし？」

「海兵隊が脱落しなければ、です」

「あぶないのですか？」

「予断を許しません。——あ、いや」ベルガブリエフはあわててつけ加えた。

「もちろん、そうなるときまでに、作戦は完了しています。海兵隊は、各国家に上陸して武装を解除し、行政府を確保するという大役を担《にな》った存在。より慎重を期して、そう申し上げているだけで、とくに案ずることはありません。計画のことはわれら専門家にまかせ、総統閣下は心安らかに、新帝国の政策要諦《ようてい》立案のことのみをお考えください。

大丈夫。クーデターは必ず成功します。唯一の気がかりだったクラッシャーの小鼠《こねずみ》も、まもなく全世界が注視するただなかで始末されます。決行の日まで、あと八日。その日こそ、総統が栄えある銀河帝国の女帝となられる日です。それは間違いありません」

「銀河帝国。そして、女帝」メイ・アレクサンドラは夢見る者のように目を閉じ、酩酊《めいてい》にも似たうっとりした声を発した。

「いつから、あたしはそうなることを願ってきたのでしょう。でも、それはもうほどなく本当に実現する」

「計画は万全です。閣下」ベルガブリエフはきっぱりと断言した。

「ギラン宇宙軍が、エリニュスに集まった八千の全首脳を逮捕。同時にオレステスを通過する〈GG〉を襲撃し、乗船しているド・テオギュール主席、ザブラガッハ総司令長官ごと〈GG〉を爆破する。あとは首脳たちの身柄を楯《たて》として各太陽系国家に武装解除を迫り、一方で決起した連合宇宙軍の艦隊を主要国家に派遣、その地の占領をはかる。それだけです。おそらく最初に降伏を宣言するのはソルでしょう。ソルが落ちれば、事の進行は早い。さらにジャンダーネ、ケルロンあたりの大国がつづけば、弱小国はすぐにそれに倣《なら》うはずです」

「すてきな見通し」

メイ・アレクサンドラは眼前で指を組み、頭上を振り仰いだ。

「むろん、そこまで行っても、われわれの指揮下になかった宇宙軍の艦隊や放置することで敵対関係に走る太陽系国家等の問題はいくつか残ります。しかし、それは些細《ささい》なこと。時間が解決する、どうでもいい部分です。わたしの計算では、クーデターが終わって半年以内に、銀河帝国は不動の地位を獲得します。これは、約束された事実と言っていいでしょう」

「すばらしい」メイ・アレクサンドラの声が躍った。

「人びとがあたしを讃える歓声が、この耳に聞こえてくるようです」

「讃えているのですよ、総統。偉大なる銀河帝国の支配者として、あなたを」

ベルガブリエフはソファから立ちあがった。

「どちらへ行かれますの？」

メイ・アレクサンドラが問うた。

「マルスの総司令部に戻ります。海兵隊の掌握を、揺るぎなきものにしなければなりません」

「期待しておりますわ。幕僚総長」

ベルガブリエフはメイ・アレクサンドラの言葉に対し、力強くうなずいた。そして、メイ・アレクサンドラの前を辞した。

銀河連合首脳会議まで、あと三日。

宇宙船の中では、夜も昼もない。時間はテラのそれに基づいた銀河標準時が用いられている。これは各太陽系国家の公式時間も同様で、すべて西暦と銀河標準時によって時刻は表示される。その銀河標準時で三日、正確には六十八時間五十一分後にまで銀河連合首脳会議は迫っていた。

「どうします？」

タロスが訊いた。またもや、〈ミネルバ〉のリビングルームである。ジョウ、リッキー、タロスの三人が、そこに集まっている。

「何がだ？」

ジョウは問いを返した。

「首脳会議です。もう日がありません」

「バードはこないと思っているのか？」

「一週間、経ちました。待つにも、ほどってものがあります」

「やっぱ、失敗だったんじゃない？」

リッキーが言った。タロスに同調した。

「ジョウ」タロスがつづけた。

「ベルガブリエフが何を企んでいるにしろ、その舞台は間違いなく銀河連合首脳会議です。やつがギランでうろちょろしていたことからみても、それはたしかだ。ここはひとつ決着をつけるために、そろそろギランへ行くときではないでしょうか」

「…………」

ジョウは迷っていた。ファウストからでる。それはいわば大きな賭けだ。ニュースパックは、未だに宇宙軍が〈ミネルバ〉の捜索を諦《あきら》めていないことをしきりに報じている。主席暗殺団とみなされているのだから、ソルとギランの周辺には部隊が重点展開されていることだろう。無策のまま、そんなところへのこのこと姿をあらわすわけにはいかない。

「どうします？」

タロスは重ねて訊いた。

「…………」

いかにジョウといえども、その質問にはまだ答えようがない。

「ジョウ！」

そのとき、壁のスピーカーからアルフィンの金切り声がとつぜん飛びだした。呼びだし音抜きの絶叫だった。仰天して、三人の腰がソファから浮いた。

「バードから通信」アルフィンは言う。

「ハイパーウェーブじゃない。レーザー通信よ」

「なに？」

ジョウは驚愕した。が、のんびり驚いている場合ではない。ジョウは弾かれたように立ちあがり、リビングルームから飛びだした。タロス、リッキーもそのあとを追った。

アルフィンは当直として操縦室の通信機前にいた。レーダーのほうは、ドンゴが昼夜をわかたず監視している。もっとも〈ミネルバ〉は深い谷底に着陸しているから、レーダーはさほど役に立たない。通信機だけが頼みの綱だった。それがここにきて、成果をあげた。

操縦室に入ったジョウはそのまま副操縦席まで突っ走り、シートとコンソールの狭間《はざま》に突入した。

シートに腰を置く間も惜しみ、メインスクリーンに映像を呼ぶ。

バードの顔が映った。いかつい輪郭が画面いっぱいに広がった。画像は安定していない。ときおり、ひどく乱れる。

レーザー通信は指向性が強い。どちらかといえば、短距離向けだ。電波妨害《ECM》に強く、盗聴されにくいが、あいだに障害物があると覿面《てきめん》に届かなくなる。この画像の乱れもそれだ。谷底にいる〈ミネルバ〉相手では、レーザー通信はつらい。といって、障害物に強いハイパーウェーブは、宇宙軍の監視体制を考えると、どうしても使用できない。

「ジョウ」スクリーンのバードが言った。

「七百メートル級のコンテナ船を駆《か》ってここまできたら、海賊船一隻に遭遇した。ECMをフルに使い、増援を呼ぶのだけは阻止しているが、戦闘能力に差がありすぎて、まずい状態に陥っている。ファウストの鼻先だ。すぐにきてくれ」

「わかった」ジョウはレーザー通信で返信を送った。

「大至急、飛んでいく。なんとかもちこたえろ」

そして、タロスに目を移した。

「タロス！」

「了解」

タロスはもう主操縦席に着いていた。エンジンの始動操作も開始している。

発進した。

〈ミネルバ〉は一気に宇宙空間へと舞いあがった。

峡谷をでて高度があがると、すぐにふたつの光点がレーダー画面に映った。本当に近い。ファウストから五万キロとは離れていないだろう。おそらくコンテナ船は、ファウストのワープ可能域ぎりぎりのところにワープアウトしたのだ。そこで、たまたま海賊船に出会ってしまった。海賊船にしてみれば、七百メートル級コンテナ船は、積荷がなんであろうと恰好《かっこう》の獲物《えもの》である。しかもこの辺境の地にあって、護衛艦なしときている。見逃す手はない。即座に襲いかかった。

さほどの時間もかからず、〈ミネルバ〉は海賊船の前に到達した。二百メートル級の戦闘宇宙艦である。コンテナ船は、その鈍重でもったりとした巨体にもかかわらず、被害は軽微だった。操縦士の腕がいい。

〈ミネルバ〉を目にして、海賊船の目標が変わった。

海賊船は、〈ミネルバ〉船体側面の流星マークを認めた。クラッシャー。敵にまわすと厄介だ。とてもコンテナ船を襲う片手間に戦える相手ではない。全力を挙《あ》げてコンテナ船の前に、撃破する。そう判断した。

ビーム砲の光条が幾筋も走った。〈ミネルバ〉めがけて殺到した。

2

「しゃらくさい」

タロスはせせら笑った。〈ミネルバ〉を旋回させる。敵の狙いをあっさりと外す。加速はほんの七十パーセント。余裕綽《しゃくしゃく》綽である。

ジョウがビーム砲のトリガーボタンを絞った。

光の剣が、海賊船の安定翼を鮮やかに切り裂く。しかし、これは致命傷ではない。そう見たジョウは、同時にミサイルを発射した。

戦闘宇宙艦のノーズに弾頭が突入した。

オレンジ色の炎の輪が、まばゆく広がった。

その火球は瞬時に四散する。そのあとには、もう海賊船の姿がない。破片も残さず、消え失せた。

「さすがだな」

バードがまた、通信を送ってきた。やはりレーザー通信だが、〈ミネルバ〉が宇宙空間にでたので、画像は完全に安定している。距離がひじょうに近いため、この手の通信にありがちなタイムラグも、ほとんど感じられない。

「おまえ、なんでそんな仰々しいものをひっぱりだしてきた？」

タロスが訊いた。仰々しいものとは、コンテナ船のことである。

「そんなもんて言い方はないだろう」バードはむくれた。

「これでも懸命に考え、多大な犠牲を払って持ってきたんだ」

「ほお」

「こいつなら、〈ミネルバ〉の二、三隻、楽に格納できるってことがわかんねえか」

「おっとお」タロスは手をぽんと打った。

「なるほど、それでか」

「やっとわかったな。このボケ頭」バードは大声で笑った。

「これさえありゃあ、いくらA級手配だって行動は自由勝手よ。どこへでも行ける」

七百メートル級コンテナ船。

全長七百メートルの楕円柱形コンテナを輸送するための、エンジンと骨組みと小さな艦橋《ブリッジ》だけでできた宇宙船だ。衛星軌道上で荷積みされたコンテナを骨組みにくわえこみ、目的地の衛星軌道上まで運んで、そのコンテナを切り離す。持っている機能は、それだけだ。単純極まりない構造の船である。

ライトグリーンのコンテナ側面がぱっくりとひらいた。〈ミネルバ〉は舷側噴射で横ざまにコンテナへと近づいていく。

コンテナの口をくぐった。

静かに、〈ミネルバ〉はコンテナ床面に垂直降下した。船体が固定され、扉が閉まった。

コンテナの中は気密ではない。宇宙船の床のように〇・二Gの重力もつくられていない。四人はクラッシュジャケットにヘルメットを装着し、〈ミネルバ〉船外にでた。ハンドジェットを使い、ブリッジへと通じるエアロックに入った。

ブリッジには、六人の男が待っていた。バードのほかは、三人がジョウたちと顔見知りだった。ビッグス、カナック、それに操縦士のハマダである。

ブリッジから一階層下にクルーのリビングがあった。ハマダひとりをブリッジに残し、九人はその部屋に移った。ソファを集め、車座になった。

「ずいぶん、のんびりしたご到着だったな」

タロスが話の口火を切った。

「そう言うな」バードは苦笑し、タロスの言を受け流した。

「これでも、いろいろと活躍してから、ここにきたんだ。不平不満は、その成果を聞いた上でこぼしてくれ。こぼすことができたら」

「大きくでやがった」

「俺はなあ」バードは真顔になった。

「テラでの一騒動にしてからが、どうにも腑《ふ》に落ちなかったんだ。それがなんだ。今度はド・テオギュール主席暗殺団ときやがった。冗談じゃねえ。クラッシャージョウのチームを相手に、罠も罠、みえみえのくそ罠だ」

「バードはわかってくれていると、信じていた」

ジョウが、つぶやくように言った。

「信じるも信じないも、こいつはあまりに馬鹿げてます。これが女を襲ったなんて話なら、タロスだからと納得しますが」

「なんか言ったか」

「言わん言わん」バードは首を振り、平然と言葉をつづけた。

「本来なら、不審に思ったとき、すぐに行動を起こすべきだった。が、いかんせん、首脳会議が近すぎた。こんなあほらしい冤罪《えんざい》、じきに晴れると甘く見ていたせいもあり、気がついたら、あんたたちは行方不明、事実は藪《やぶ》の中に入っていた。正直、俺は頭をかかえたよ」

「そこへ、俺たちの伝言が届いたんだな」

タロスが言った。

「そうだ」バードはうなずいた。

「たまげたぜ。大胆なことをする。しかし、考えてみりゃ、こいつは渡りに船だ。俺はとりあえずの任務を終えたこともあって、軍のほうをほっぽりだし、こっちの疑惑解明に取り組んだ。そうしたら、でるわでるわ。怪しげなことばかりがあちこちで起きている」

「…………」

ジョウ、タロス、リッキー、アルフィンの目がきらりと光った。

「俺は、まずテラへ行ってみた。ロサンゼルスだ。なんといっても、あそこで爺さんが殺されたのが発端だ。俺は目撃者のグレゴリオってのに会おうとした」

「会えたのか？」

ジョウが訊いた。

「いや」

バードはかぶりを振った。

「留守だったのか？」

「死んでました。警察が襲撃された翌日です。事故死として処理されていた」

「！」

「事故はノズルのいかれたエアカーの暴走だ。勤務先の本社と宇宙港を結ぶハイウェイで起きた。従業員用の大型エアカーだったから、犠牲者は多い。運転手もろとも八人が死んだ。グレゴリオは、その中のひとりだった」

「臭《にお》うなあ」

タロスの言葉は、うなり声と区別がつかない。

「臭うんだよ」バードは、小刻みに何度もあごを引いた。

「ただし、証拠はまったくない。警察発表の公式原因は整備不良による事故だ」

「誰が整備を不良にしたのかは、不問か」

「そういうこと」バードはタロスに向かい、肩をすくめた。

「で、俺はグレゴリオの線をいったん諦め、今度は襲撃の夜の〈ミネルバ〉の発進状況を調べてみた」

「何かおかしなところ、あったかい？」

今度は、リッキーが訊いた。

「何もなかった」

答えはあっさりとしていた。

「ふうん」

リッキーの表情が弛緩《しかん》した。あてが外れて、がっかりする。そこへすかさず、バードが言葉をかぶせた。

「記録もなければ、目撃者もいない」

「なに？」

とたんにクラッシャー四人の顔色が変わった。

「そいつは……」

「おかしな話だ」ジョウのせりふをバードが引き取った。

「不自然の極みと言っていい。それで、俺はその日のフライトをもうちょい突っこんで調べてみた。そうしたら案の定、摩訶《まか》不思議な事実が判明した」

「なんだ、それは？」

四人の好奇心が頂点に達した。ソファから完全に腰が浮いている。

「宇宙軍だ」バードは低い声で言った。

「連合宇宙軍の艦船がその日のフライトの八割を占めていた」

「ロス宇宙港は、軍の使用が許可されているのか？」

ジョウが訊いた。

「一応は。近くに基地があるので、非常用として登録されている。しかし、フライト自体はほとんどない。多いときでも日に数度ってとこでしょう。なんといっても、民間の宇宙港。借りるにしても、限度がある」

「だろうな」

「というわけで、つぎは連合宇宙軍を重点的に洗ってみた」バードは言葉を継いだ。「すると、おかしな動きがごろごろとでてきた。例をあげればきりがないくらいだ。参謀本部のでたらめな人事異動。連合艦隊の行きあたりばったり派遣。俺が所属している情報部の一課がつづけていたサボタージュ行為。さすがにあきれたね」

「なるほど」

ジョウは腕を組み、小さくうなずいた。

「そうそう。それと、もうひとつあった」バードは右手人差指をまっすぐ上に突き立てた。

「へんな動きの横綱格」

「………」

「特別機動隊の正班に第十三小隊というのがある。通称は闇小隊《ダーク・プラトゥーン》。ゲリラ戦のモデル小隊で、特殊訓練を受けた精鋭の集団だ。人数は中隊並みだが、扱いは特例で小隊になっている。そいつらが、ロス警察襲撃の日に極秘任務で出動していた」

「闇小隊《ダーク・プラトゥーン》！」

「心あたり、ありますか？」

バードはジョウを見た。

「ある！」ジョウが答えるより早く、タロスが怒鳴った。

「ロス警察を襲撃したやつらだ」

タロスはつづけた。その夜見た黒い服の兵士について、早口でがんがんとまくしたてた。

「たしかに」聞き終えて、バードはわずかに口もとを歪めた。

「服装といい、能力、手口といい、襲撃者は闇小隊だ。間違いない」

「バード」ジョウが言った。

「連合宇宙軍と、その最高幹部のひとりが、この件にからんでる証拠を俺たちは持っている」

「なんですって？」

バードの顔から血の気が引いた。

「これだ」

ジョウは上着のポケットから、二インチ四方ほどの小さなカードを取りだした。データディスクである。

「こいつに記録されている出来事を、俺たちは目撃した」ジョウは言う。

「いまの状況は、その結果だ」

バードはデータディスクを受け取った。

「さっそく、見せてもらいましょう」

コンソールのスロットに、そのディスクを入れた。スクリーンに映像が映った。

「こ、こいつは……」

クラッシャー以外の全員が絶句し、その場に凝固した。

「ギランは首脳警護を理由に、今年になって大幅な軍事増強をおこなった」ややあって、バードが独り言のようにつぶやいた。

「どうやら、連合宇宙軍の動きと併せて、その狙いが明確になったようだな」

「狙い？」

「クーデターです」

バードはジョウに向かい、言った。

「クーデター！」

「ぐずぐずしてはいられない」バードは立ちあがった。

「すぐに行こう」

「どこへ？」

タロスが訊いた。

「ソルだ。舞台はギランでも、計画の中枢はソルにある。そこで陰謀の全貌をつかみ、これを粉砕する」

「そうだ」ジョウも勢いよく立った。

「バードの言うとおりだ」

「全員、配置につけ！」バードは部下を指差し、怒鳴った。

「これより、本船はソルに向かう」

3

七百メートル級コンテナ船は、ソルの星域外縁にワープアウトした。

殺人者の汚名をきせられ、麻酔剤を嗅《か》がされて意識のないままあとにした太陽系だ。

ジョウの胸の内を、何か感慨に似たものが、去来する。

「まずは、どう動く？」

ジョウが訊いた。意見交換をうながすために、口をひらいた。ジョウ、タロス、バード、リッキー、アルフィンの五人は、またコンテナ船のリビングに集まっている。
「連合宇宙軍の総司令部は、マルスのダコールシティ郊外、キングジョージ基地の中だ」バードが言った。

「ベルガブリエフも、そこにいる。このコンテナ船をマルスの衛星軌道にのせ、俺の船《ドラクーンⅡ》でダコールシティに近い民間宇宙港に降りる。キングジョージ基地まではエアカーで移動だ。着いたら、基地内部に侵入して、クーデターの作戦計画書を入手する。それさえ確保すれば、連合宇宙軍の誰がベルガブリエフにつき従っているか、そいつらをどのように扱えばいいか、そういったことが一発でわかる」

「堅実な段取りだ」ジョウはわずかに首をかしげ、言った。

「しかし、その方法では時間がかかりすぎる。銀河連合首脳会議の開会宣言まで、あと六十時間ほどだ。クーデター挙行がその前だとしたら、さらに短くなる。バードの作戦では間に合わなくなる可能性が高い」

「何か代案がありますか？」

バードはジョウを見た。

「代案というには、あまりにも綱渡りなのだが」ジョウは低い声で言った。

「ド・テオギュール主席が〈GG〉でギランに発《た》つのは、いまから約十五時間後だ。宇宙港はドイツ自治区ミュンヘンに近いフランツ・ヨーゼフ・シュトラウス宇宙港を使う。

乗船は発進一時間前で、それまでは湖を臨む丘の上に建つ由緒《ゆいしょ》ある館、ホーエンランデンベルク城に投宿している」

「さすがに詳しいですな」

「特別の護衛役だったんだ。知らないほうがおかしい」

ジョウは、自嘲するような口調で応えた。

「要するに、このギランで撮《と》った映像データを持ってホーエンランデンベルク城に行き、主席に直訴しちまおうって策だ」

タロスが言った。

「ふむ」

バードは腕を組み、うなった。

「ハイパーウェーブで少し話しただけだが、ド・テオギュール主席は肚《はら》のすわった立派な人物だ」ジョウが言を継いだ。

「これを主席に見せることができれば、きっと信じてくれると思う」

「それは、たぶんそうでしょう」バードは小さくうなずいた。

「ド・テオギュールの人となりは、俺もよく知っている。問題はホーエンランデンベルク城に行くということだ。それは、そんなに簡単な話じゃない」

「無理なの？」

アルフィンが訊いた。

「A級手配ですからねえ」

「当然、変装していく。ホーエンランデンベルク城のあるシュパイヒェの町は、有名な観光地だ。そこで――」ジョウは少し間を切って言った。

「俺とアルフィンが、新婚旅行を装っていくというのは、どうだろう」

「まっ、新婚」アルフィンが頬をぽっと桜色に染めた。

「その計画、とてもいいわ」

「ふむう」

バードは、またうなった。

「それなら」タロスが口をはさんだ。

「ここはひとつ、両者のプランを平行して進めるってのはどうだろう？」

「二手に分かれるのか」

バードの眉間《みけん》に縦じわがよった。

「この事態だ。打てる手はできるだけ打つに限る」タロスは身を乗りだして言った。

「ジョウのプランは、ジョウとアルフィンのふたりだけでできる。バードのプランも残りの人数でなんとかなるはずだ。一種の賭けだが、張る価値のある賭けだと俺は思う」

「………」

議論はえんえんとつづいた。

バードの所属する情報部二課のエージェントを動員する案までもが検討された。が、誰がベルガブリエフ派かわからない現状では、それを容《い》れることはできない。

結局、タロスの意見が通った。

最初にテラへ行き、コンテナ船を衛星軌道にのせてからジョウとアルフィンを〈ドラクーンII〉の搭載艇で地上に降ろす。入国にはパスポートが要るが、そこはそれ情報部二課だ。マードック、ミーナ夫妻名義のパスポートがあっという間にできあがる。

ジョウを降ろしたあと、コンテナ船はマルスに移動する。〈ドラクーンII〉で、ダコールシティに近い宇宙港に着陸し、バード、タロス、リッキー、カナック、ガーリンがキングジョージ基地に潜入。データを盗みだす。

ジョウとアルフィンはクラッシュジャケットを脱ぎ、ごく一般的な市販のスペースジャケットに着替えた。ジョウはダークグレイ、アルフィンは明るいイエローの服を選んだ。クラッシュジャケットはクラッシュパックの中に納めた。クラッシャーが携行する硬質プラスチック製の武器収納用トランクだ。民間人は武器を持ち歩けないので、今回はただのトランクとして用いる。

かくして、自家用宇宙船で新婚旅行を楽しむ若いカップルが一組できあがった。

アルフィンは恥じらうように目を閉じ、ジョウの腕を把《と》って、その脇にぴったりと寄りそっている。ジョウは照れて、顔が真っ赤だ。

コンテナ船は、テラの衛星軌道に進入した。

ジョウとアルフィンは、搭載艇〈フェアリー〉のコクピット内にいた。〈フェアリー〉は全長十五メートル。並列複座の宇宙戦闘機だ。新婚旅行に使われる機体ではない。だが、手配されている〈ファイター1・2〉を使ったら、ふたりの身許《みもと》が露見してしまう。そこでバードは〈フェアリー〉から武器いっさいを取り外し、その塗装をピンクへと変えた。ジョウはこの色を好まなかったが、アルフィンはいたく気に入り、きゃいきゃいとはしゃいだ。

「気をつけてください。ジョウ」

ジョウとアルフィンが〈フェアリー〉のシートに着いた直後、通信スクリーンにタロスの顔が映った。いかにも心配そうな表情をしている。

「大丈夫に決まってるわ」ジョウが答えるより早く、アルフィンが言った。

「あたしがついてるのよ。だんな様を守るのは、妻のつとめなんだからあ」

「うー」

ジョウは顔を覆って呻き、タロスは画面から姿を消した。かわりに横から押しだされるようにして、バードの顔があらわれた。

「くれぐれも、無理をしないように」バードは言った。

「そうでなくとも、危険極まりない行動です」

「わかってる」ジョウは強くあごを引いた。

「しかし、安全を優先するわけにはいかない」

「やれやれ」

バードはため息をついた。

「あたしには何も言ってくれないの？」

アルフィンが唇を尖らせて言った。バードはあわててつけ加えた。

「奥さんの無事も祈っています」

「きゃあ！」とたんにアルフィンの表情《かお》がほころんだ。

「奥さんなんてそんなあ。もっと言って」

「うー」

ジョウはまた呻いた。

コンテナのハッチがひらいた。

〈フェアリー〉が離脱し、宇宙空間へと滑りでた。

メインノズルに点火。大きく弧《こ》を描き、降下態勢に入った。

フランツ・ヨーゼフ・シュトラウス宇宙港は予想どおり閉鎖されていた。

〈フェアリー〉は、シュパイヒェから北に三百キロ離れたグライツ宇宙港に着陸した。シャトルの発着を主とした小さなローカル宇宙港である。入国手続きをすませてレンタルのエアカーを借り、アウトバーンを平均時速三百五十キロで飛ばした。

一時間弱でシュパイヒェに着いた。

シュパイヒェは、古い外観の新しい街だった。

二一三八年の地球大改造で、ヨーロッパ大陸の諸都市もロサンゼルス同様に一からつくり直された。そのとき、多くの街並みが伝統的な意匠《いしょう》で再構築された。シュパイヒェも、そうだ。市内には煉瓦《れんが》造りに見える建物が多い。が、それは煉瓦ではなく、煉瓦そっくりの樹脂ブロックで建てられている。

ジョウとアルフィンは、バードが予約したホテルに入った。そのホテルも、樹脂煉瓦造りだ。

ドイツロココの家具が置かれた、最上階の一室に案内された。

カーテンをあけると、陽光にきらめく大きな湖が一望できる。低い家々の向こうには小高い丘が盛りあがっている。

丘の頂上に、石造りの古い城が聳《そび》え立っていた。正真正銘の天然石で組まれた城だ。ホーエンランデンベルク城である。ド・テオギュール主席は、あと十時間ほど、そこに滞在している。

「あれだ」ジョウは軽くあごをしゃくった。

「十時間以内にあの城の中へと入り、ド・テオギュール主席に会う」

「でも、どうやって？」

ジョウの横に立つアルフィンが訊いた。ホーエンランデンベルク城は、数千人に及ぶ警察官と宇宙軍の兵士によって、厳重に警護されている。ふらりと訪れ、ごめんくださいと言ったところで、正体がばれて射殺されるのがオチだろう。

「こいつを利用して、取材記者に化ける」

ジョウは上着のポケットからIDカードを二枚取りだした。バードが偽造したものだ。

アルフィンはカードを受け取り、表面に刻まれた文字を読んだ。

「インデペンデント通信社？　こんなの、あるの？」

「もちろん、存在している」ジョウは笑って答えた。

「ただし、情報部二課が変装用のダミーとして設立した通信社だ」

「だったら、宇宙軍には通用しないわ」

「いや」ジョウはかぶりを振った。

「これは情報部二課の部外秘だから、大丈夫だ。取材記者のマードックと、その妻でカメラマンのミーナ。インデペンデント通信社に問い合わせたら、担当者が身許を保証し

てくれる」

「だけど、こんなときよ。ド・テオギュール主席が取材に応じてくれるはずないわ」

アルフィンは重ねて言う。かなり疑り深い。

「それはそうだ」ジョウはアルフィンの言をあっさりと認めた。

「しかし、ド・テオギュールの秘書ならどうかな?」

「秘書?」

「銀河連合首脳会議に赴《おもむ》く直前の主席の様子を、秘書にうかがいたいと申しでるんだ。これなら、まず断らない」

「…………」

「そして、インタビューを承知した秘書は、必ずホーエンランデンベルク城の中で俺たちと会う。城内に入れば、こっちのものだ。主席のもとに行くチャンスはきっと得られる」

「…………」

「不可能じゃあない」

ジョウはホーエンランデンベルク城を見据え、自分に言い聞かせるようにつぶやいた。

アルフィンに反論はなかった。

ホーエンランデンベルク城には、エアカーで乗りつけた。

十数か所の検問も、大過《たいか》なく切りぬけた。すべては偽造IDカードの威力である。

ジョウとアルフィンは、またあらたな変装をしていた。ふたりとも、スペースジャケットの上にインデペンデント通信社の社章入りブルゾンを着こんでいる。さらにジョウはアフロのかつらをかぶり、サングラスをかけ、顔の鼻から下半分をつけひげで覆った。アルフィンも黒いショートヘアのかつらをつけ、顔全体にソバカスを薄く散らしている。

駐車場でエアカーから降りた。

ジョウは手ぶら、アルフィンはクラッシュパックを背中に負っている。中に納まっているのは、本物の業務用録画装置と証拠のデータディスクだ。クラッシュジャケットは持っていない。所持品検査のことを考え、〈フェアリー〉に置いてきた。文字どおり、ふたりとも丸腰である。

アルフィンは息を切らしていた。クラッシュパックが重い。これをかつぐと聞いたとき、アルフィンはひどく毒づいた。

「あたしがインタビュアーで、ジョウがカメラマンになればいいのよ」

それに対して、ジョウはつぎのように答えた。

「残念。それだと、IDカードが偽物になってしまう」

ものも言わず、アルフィンはジョウの向《む》こう脛《ずね》を思いきり蹴とばした。

4

約束した時間ちょうどに、ジョウとアルフィンは金属製の壮麗な拱門《アーチ》をくぐった。広々とした庭を抜け、見上げるほどに巨大な扉の奥へ進むと、そこはもう城内である。執事があらわれ、姓名、身分と用件を訊いた。ジョウは、ド・テオギュールの秘書に取材を申し入れ、了承されていることを告げた。執事はうなずき、自分のあとについてくるよう言った。

五階建ての城の四階に案内された。城の庭までは武装した兵士がひしめいていたが、ここまでくると、さすがに兵士らしい兵士は見当たらない。かわりに、ときおり目つきの鋭い召使いとすれ違う。シークレット・サービスだ。

小さな部屋に通された。大袈裟《おおげさ》な装飾が施された古めかしい家具が並び、甲冑《かっちゅう》などの骨董品《こっとうひん》がその間にいくつも置かれている。

恰幅《かっぷく》のいい丸顔の人物が、ふたりを出迎えた。秘書のダレンゴートである。取材予約をするとき、通信スクリーンを介して会った。

「マードックさんですね」

「そうです」

ジョウはダレンゴートと握手を交わした。勧《すす》められ、年代物の椅子に腰をおろす。アルフィンもそれに倣った。

「さて」と、ダレンゴートは言った。

「おもしろいところに目をつけたものです。わたしに取材を申し込んだ人は、あなたがはじめてだ」

「そうでしょう。わたしも自慢に思っています」内心、よく言うよとつぶやきながら、ジョウは言った。

「重要な首脳会議を前にしたド・テオギュール主席の様子を、秘書であるあなたの目を使って描く。思いついた瞬間、この手があったと昂奮しました」

「たしかに」

ダレンゴートは、にこやかに同意した。主席秘書は驚くほど愛想がいい。

アルフィンがクラッシュパックからカメラを取りだし、構えた。カメラは本物だが、アルフィンはポーズだけである。データディスクも入っていない。

「では」ジョウが口調をあらためた。

「さっそくインタビューをはじめます。まず、主席がいつから、このホーエンランデンベルク城に滞在されているのかをお教えください」

「三日前からです」カメラに目を向け、ダレンゴートは言った。

「ご存じのように、今回は暗殺団とか、宇宙海賊とか、不穏な動きがひじょうに多くみられましたため、周囲の者はみな主席閣下がこの城に移られることに難色を示していました。が、首脳会議で発表する演説の草稿《そうこう》を練るにはこの城がいちばんと主席ご自身が申され、予定どおり、こちらに入られることになったのです」

いきなり暗殺団と言われ、ジョウは内心わずかに動揺した。しかし、それを必死で押し隠し、質問をつづけた。

「主席は、この城のどこで草稿を執筆されているのでしょう？」

「それは、答えられません」ダレンゴートの微笑が、渋い苦笑にかわった。

「教えることは不可能です。最大の機密事項になっています」

「そこをなんとか」ジョウは食いさがった。

「これが放送されるのは、主席が宇宙港に向かわれたあとです。ご迷惑がかかるようなことはありません。ぜひ教えてください」

「そんなにお知りになりたいのですか？　ミスタ・ジョウ」

「ええ」

ジョウは反射的にあごを引いた。

「あ！」

アルフィンが息を呑んだ。その声を聞き、はじめて、ジョウは自分の相槌《あいづち》が何を意味していたのかを悟った。

「やはり、クラッシャージョウでしたか」

ダレンゴートの顔に、またあのにこやかな笑みが戻った。

「ちっ」

ジョウは舌打ちし、即座に身をひるがえした。罠にはまった。正体は最初からばれていた。アルフィンもカメラを投げ捨て、クラッシュパックのベルトをつかんだ。ふたりがドアに向かって走った。

とつぜん。

ジョウの眼前でドアが大きくひらいた。

目つきの鋭い召使いが銃を構えて通路に立っていた。ジョウは、すかさずその足もとに身を投げた。脛を蹴り、体を起こす。

鮮やかな不意打ちになった。召使い――いや、シークレット・サービスの男はもんどりうって床に転がった。弾みで銃が轟然と火を吹いた。弾丸はアルフィンをかすめ、壁にめりこんだ。

ジョウは男の銃をもぎとった。首すじに手刀を落とす。男は失神した。ジョウはきびすを返し、通路に飛びだした。むろん、アルフィンもそのあとを追う。

城の中が騒然となった。あちこちで誰何《すいか》する声があがった。ドラムの乱打に似たけたたましい足音も高く響いた。

「屋上だ！」

ジョウはアルフィンに向かって叫んだ。階段があった。そこに進んだ。城そのものは古い文化財だが、まったく手が入れられていないわけではない。屋上は改造され、ヘリポートになっている。そこに、主席を宇宙港まで送る垂直離着陸機《ＶＴＯＬ》が置かれているはずだ。

階段を駆け登り、屋上にでた。

ジョウの予想は当たっていた。

予備を含めて、二機のＶＴＯＬがヘリポートにあった。ジョウは頭上に向かって銃を乱射し、威嚇《いかく》してからヘリポートへと走った。護衛官が集まっている。その中に、突っこんだ。人垣が割れた。ジョウの気魄《きはく》が、相手をひるませた。ジョウはＶＴＯＬの一機に飛びつき、コクピットからパイロットを引きずりだした。ジョウとアルフィンが、かわりに搭乗する。アルフィンが、ジョウの銃を受け取り、また威嚇射撃をおこなった。

エンジンを始動させる。発進する。

ジョウは一気に高度をあげた。

「どこへ行くの？」

後部シートに着いたアルフィンが、ジョウに訊いた。

「グライツ宇宙港だ」ジョウは言った。

「いったん逃げる。それしか手がない」

「ジョウ」

またアルフィンが言った。今度はひどく声に力がない。

「どうした？」

振り返ると、アルフィンが右手を高くかざしているのが見えた。その手に握られているのは。

ベルトの切れ端。

データディスクが入っていたクラッシュパックのベルトだ。

「弾丸《たま》が当たって、切れちゃった」

「…………」

ジョウの表情が凍った。絶望が脳裏を駆けめぐった。ただひとつの証拠が失われた。

もう身の証《あか》しを立てる手段は、どこにもない。

〈フェアリー〉が、グライツ宇宙港から離陸した。

追っ手はいない。迅速《じんそく》な行動が功を奏したのだろう。グライツ宇宙港がローカル宇宙港だったことも幸いした。〈フェアリー〉はほどなくテラの衛星軌道に達し、そこから離脱した。めざすはコンテナ船との会合点、テラとマルスの中間宙域である。

ジョウの心は暗かった。

大きなことを言ってテラに向かったのに、それが果たせなかったばかりか、証拠のデータディスクまでなくしてしまった。あのディスクは保存用としてシステムに組みこまれていたオリジナルだ。コピーではない。コピーは証拠として認められないので、つくらなかった。

重苦しい沈黙が、〈フェアリー〉のコクピット内を支配している。アルフィンは一言も口をきこうとしない。目がうつろだ。

ジョウはレーダーを見た。宇宙船とおぼしき光点が、スクリーンに映っていた。

光点は〈フェアリー〉に接近しつつある。かなりの高速だ。まっすぐに突進してくる。

ジョウは直感で、その光点に敵意を嗅《か》ぎとった。

「アルフィン、しゃきっとしろ」ジョウが言った。声が強い。

「落ちこんでる時間は終わりだ」

アルフィンにかすかな反応があった。ジョウはつづけて怒鳴った。

「反転する。データを打ちこめ」

アルフィンの指が、コンソールの上で動いた。紙のように白くなっていた顔に、わずかだが生気が戻った。

宇宙船がくる。距離が詰まる。

その輪郭を映像で捉えた。

スクリーンに船影が広がった。

「あっ」

ジョウの顔がこわばった。

百二十メートル級の宇宙船だ。水平型で万能タイプ。塗装は青銀がかった白。そして、垂直尾翼には〝D〟の飾り文字が描かれている。

「〈アトラス〉」

ジョウの口から言葉が漏れた。暗澹《あんたん》としたつぶやきになった。〈アトラス〉があらわれた。その理由は瞬時に推測できた。

「通信よ」

何も知らぬアルフィンが、極めて事務的に言った。ジョウの指がぎくしゃくとスイッチキーを探り、それをオンにした。通信スクリーンに映像が入った。

画面に映ったのは、精悍《せいかん》な顔つきの、しかし、年齢は六十を越えた男の上半身であった。九年の間、〈ミネルバ〉のリビングルームに置かれていた立体写真以外では、目にしたことのない顔である。男は、その写真よりもわずかに老いていた。

「クラッシャージョウ」画面の男、クラッシャーダンは静かに言った。

「クラッシャー評議会の決定により、おまえを処断する」

通信は切れた。一方的に断たれた。

待ってくれ！

ジョウはそう言おうとした。だが、何も言えなかった。全身が震え、口がひらかない。

通信にあのデータディスクの映像を流せば、誤解はすぐに解ける。しかし、そのテープはいまここにない。ならば、百万言を費やそうとも、それは無駄なあがきにすぎないことになる。

「距離二百五十キロ」アルフィンが数値を読んだ。

「まもなく敵の射程内に入ります」

「………………」

ジョウは反応しなかった。

「逃げないの？」

アルフィンが訊いた。〈フェアリー〉は火器を搭載していない。このままでは確実に仕留められてしまう。

「あれはだめだ。逃げきれる相手じゃない」

ジョウはかすれた声で言った。

「知り合い？」

「よく知っている」ジョウはうなずいた。

「あれは俺の親父だ」

「うそ」

アルフィンは硬直した。いまになって〈ミネルバ〉のリビングルームに飾られている立体写真が記憶の底から浮かびあがってきた。写真の顔が、先ほどスクリーンに映った人物のそれと一致した。

ビーム砲の光条がほとばしった。

〈アトラス〉だ。〈アトラス〉が撃ってきた。ビームの鋭い切っ先が、宇宙の闇と〈フェアリー〉の尾翼をすっぱりと切り裂いた。

強いショックが〈フェアリー〉を揺すぶった。と同時に、名状しがたい怒りがジョウの裡《うち》にふつふつと沸《わ》きあがった。ベルガブリエフに対する忿怒《ふんぬ》の感情だ。

くやしい。このままおめおめとやつの奸計《かんけい》にはまって死ぬのが、ただひたすらにくやしい。

そのくやしさが、激しい怒りに転じた。こんなところで死んでたまるか、という意識が、不可視の炎となって、ジョウの全身を包んだ。

だが。

すべては遅すぎた。

〈アトラス〉が、迫ってくる。

〈フェアリー〉は転針した。

ビームが襲いかかってきた。主翼を連続して貫かれた。

〈アトラス〉が反転して、あらたな攻撃態勢をとる。〈フェアリー〉も回避行動をとった。しかし、〈アトラス〉が速い。距離をあけられない。

〈アトラス〉が〈フェアリー〉の正面を押さえた。

助からない！

ジョウは観念した。

つぎの瞬間。

〈アトラス〉のメインノズルが一基、爆発した。〈アトラス〉は横に弾かれるように針路を変えた。

ミサイル。

「誰が撃った？」

ジョウは、メインスクリーンに視線を移した。そこに、一隻の宇宙船が大きく映しだされている。〈アトラス〉ではない。そして、さらにその背後にも、巨大な一隻がつづいている。

「撃つな」ジョウは通信機に向かって叫んだ。

「もう撃つな。バード！」

5

サンアンドリュース宇宙港は、ダコールシティとキングジョージ基地のほぼ中間にある半官半民の宇宙港だった。キングジョージ基地で処理しきれない小型船舶はサンアンドリュース宇宙港にまわされる。宇宙軍によるチャーター船の離発着も相当に多い。

〈ドラクーンII〉は、サンアンドリュース宇宙港に着陸していた。

「おまえらの身分は、打ち合わせたとおりだ」バードが言った。「タロスとリッキーは、海賊に関する情報提供で罪を相殺《そうさい》してもらおうとしている密輸業者。そのことを忘れるな」

「うー」

ふたりは答えるかわりにうなった。どちらも愛用のクラッシュジャケットを剝ぎとられ、しみだらけのすすけたスペースジャケットに着替えさせられている。それが気に入らない。

「もちっと、ましな役がほしかったぜ」

タロスが口を尖らせて言った。

「まあ、そうほざくな」バードがなだめた。

「いくら俺でも宇宙軍のＩＤカードは偽造できん。といって、出入り業者という堅気《かたぎ》の面《つら》でもない。その点、情報提供者の内部通報なら二課としてはよくあることだし、おまえらに似合った役を割りあてることもできる」

「くっそお」

タロスとリッキーは声をそろえて、嘆いた。

バードは船の繋留《けいりゅう》手続きをすませ、軍の大型エアカーで、キングジョージ基地へと向かった。

さほどの時間もかからず、基地のゲートに至った。バードのＩＤカードをセンサーが読みとり、三重になっているゲートの金属柵が、ゆっくりとひらいた。

エアカーは基地内に入った。

「俺がクラッシャーになったころは」と、タロスが言った。

「マルスはまだ酸素も水もろくになく、赤茶けた地べたとピンク色の空の殺風景な星だった。それがいまじゃどうだ。テラとまるで変わらねえ」

「そうさ。クラッシャーがここまでにしたんだ」

バードが薄く笑って、答えた。

「そういうのんきな話はいいよ」リッキーが言った。

「それより、俺らたち、基地のどこへ行くんだい？」

キングジョージ基地は広大な敷地を有していた。数百平方キロは優にある。総司令部から宇宙港、はては演習キャンプまで備えた大基地だ。窓外を眺めていても、施設らしい施設はどこにもない。茫漠としている。A級手配を受けていながら連合宇宙軍の、それも中枢のただなかにいるという不安感がその光景に反映し、リッキーは少し心細くなった。

「まず情報部二課の本部に行く」バードは言った。

「首脳会議直前のこんなときに本部にいるのは事務職員ばかりだ。しかし、何人かは現場のやつがいるかもしれない。いたら、ご協力願おう。そう考えている」

「だが、そいつらがベルガブリエフ派になっていたら、どうする？」

タロスが言った。先の打ち合わせでも、この理由で他の任務についている二課の同僚を呼ぶアイデアが没になった。

「その可能性があるから、わざわざ本部まで行くんだ」バードは言葉を返した。

「ひとりひとり、じっくりと自分の目で見れば、敵かどうかすぐにわかる」

「…………」

「見てのとおり、この基地はだだっ広い。俺たちだけでやるのは無理だ。どうしても、もっと手が要る」

「たしかに、そうだね」

リッキーが言った。バードの言が正しかった。

円筒形のこぢんまりとしたビルが、行手左側に見えてきた。

「あれだ」バードがあごをしゃくった。

「あれが本部だ」

「せこいな」

タロスが言った。言い負かされたので、いささか機嫌が悪い。

「本部ビルの中身は、九割以上がコンピュータと通信装置だ。さっきも言ったように現場のやつはみんな宇宙に散らばっている。だから、そんなでかい施設は必要ない。しかも、フロアの大部分は地下にある。情報部ってのは、そういうものなんだ」

バードは、タロスのいやみをさらりとかわした。

玄関には停まらず、大型エアカーは地下の駐車場へと進んだ。エアカーを降り、五人は下りのエレベータに乗った。

地下六階に着いた。現場を担当する者たちが溜まり場としているサロンだ。フロアには、カウンタースタイルのテーブルが何列も並んでいる。意外にも広い。部屋というよりもホールという感じだ。ブラウンを基調とした渋い雰囲気で、フロア全体がデザインされている。

ホールには八人の男がいた。どうやら、みな同じチームのメンバーらしい。車座に固まって、声高に騒いでいる。いきなりあらわれたバードたち一行に気づくものはひとりもいない。

「よう」

バードが声をかけ、手を挙げた。とたんに八人はぴたりと口を閉ざした。そして、いっせいに首をめぐらした。八人とも、目つきが異様に鋭い。

「バード！」八人の中でいちばん年嵩《としかさ》と思われる男が相好を崩し、言った。黒人の大男だ。

「バードじゃねえか」

「久しぶりだな。ルーファス」

バードとルーファスは互いに歩み寄り、握手を交わした。

「どうした？　もう任務が終わったのか？」

「ああ」バードはあごを引いた。

「ついでにおもしろい情報提供者を連れてきた」

バードはちらりと背後に目をやり、親指でタロスとリッキーを示した。それから、またすぐに視線を八人へと戻した。

「それよりも」あらためて言う。

「なんか騒いでいたようだが、事件でも起きたのか？」

「起きたんだよ」一度は穏やかになっていたルーファスの目つきが、再び鋭くなった。

「ここに盗聴装置が仕掛けられていた。ロコの野郎が、ちょっと前に発見した」

「盗聴装置？」

バードは目を剝いた。

「こいつです」

ルーファスの横に細面《ほそおもて》の小男がいた。それがロコだった。ロコは前にでて、直径三、四ミリの小さなカプセルをバードに渡した。

「ほお」バードの細い目が、さらに細くなった。

「ＫＶ７７３９」

「とんでもねえという話になって、この中を全員で捜したら、あと十四個、見つけた」

ルーファスが言った。

「多いな」

バードの眉が二、三度上下した。

「尋常でない事態だぜ」

ルーファスはバードをまっすぐに見た。六十一歳で階級は大佐。ルーファスは情報部二課最年長のベテラン・エージェントである。

「俺は、仕掛けたやつ——いや、この盗聴を命じたやつに心あたりがある」

バードはルーファスに強い視線を返した。

「なに？」

ルーファスの表情がこわばった。

「落ち着いて聞いてくれ」バードは言葉をつづけた。

「盗聴の黒幕は、ベルガブリエフ幕僚総長だ」

「！」

八人が絶句した。予想だにしていなかった名前を、バードは口にした。

「事情は、こうだ」

バードは間を置かず、これまでのいきさつをすべて語った。一気に話して聞かせた。

「嘘《うそ》だろ」

バードの話が終わっても、ルーファスは茫然としたままだった。

「このクラッシャーにだまされてるんじゃないのか？」

タロスを指差し、そこまで言った。

「ルーファス。おまえ、俺を信じられるか？」

バードが訊いた。

「信じられる」

ルーファスは即答した。

「じゃあ、タロスも信じてくれ」

「…………」

バードとルーファスは無言で向かい合った。しばし、両者の視線の間で不可視の火花が散る。

ややあって。ルーファスは目をそらし、小さくかぶりを振った。

「信じよう」

呻くように言った。こうまで言われたら、信じるほかはない。

「助かった」バードはにっと笑った。

「俺たちだけでは、どうしようもなくなっていたんだ」

「何をするつもりだ？」

「計画の全貌をあばきたい」

「ふむ」

「まずはベルガブリエフの側近をひとり捕まえ、じっくりと話をうかがうというのは、どうだ」

「悪くない」

ルーファスは同意した。

「誰か、よさそうなやつがいるか？」

「さっき、ここへくる前、総司令部でヨードル中尉を見かけました」

ルーファスの部下のひとりが言った。

「あの生っちろい色男か？」

バードがそちらに視線を向けた。

「そうだ」ルーファスが言った。

「ヨードルならベルガブリエフの大のお気に入り。加担していないはずがない」

「いいなあ」タロスが拳を固めた。

「そういうやつは絞めあげ甲斐《がい》がある」

「じゃあ、俺が行ってきます」

「待て」気負いこんで席を立とうとする部下を、ルーファスは止めた。

「二班に分けよう」

「？」

「ロコ、ピーター、オリバー」ルーファスは三人の部下の名を呼んだ。

「おまえら三人は、総司令部へ行き、独自に情報を掻《か》き集めてこい。ヨードルが何も知らないという可能性もわずかだがある。で、ヨードルのほうはペック、ガモフ、ヤシマ、ルーインの四人だ。くれぐれも目につかないようにやれ」

「了解」

七人は、我先に立ちあがり、あっという間にその場から消えた。

「なんだよ。俺たちのやることが、なくなっちまった」

タロスが言った。肩をすくめている。

「いや」ルーファスはそのぼやきを否定した。

「やることはある。もっと詳しく、事情を聞きたい。実際のところ、あんな大雑把《おおざっぱ》な説明では、俺は納得できねえ。まだ半信半疑だ」

「わかった」

バードにかわり、タロスがこれまでのいきさつを詳細に語りはじめた。

が。

その話は途中で打ち切られた。

三十分と経たないうちに、ヨードル中尉がこのホールに運びこまれてしまったからだ。

中背で針金のように細いヨードルは、ぐったりとしていて意識がない。

「眠らせたのか？」

「ちょいと、いやがりましたんで」

ルーファスの問いに、ペックが答えた。

「起こせ」

ヨードルの鼻先でスプレーが一吹きされた。

「う……あ」

短く呻き、ヨードルはおもてをあげた。薄くひらいた目で、ぼんやりと周囲を見る。

年齢は二十五、六というところか、たしかに、色白の美男子である。

「気分はどうだ？　中尉」

ルーファスが声をかけた。

「ルーファス大佐。これは、いったい？」

ヨードルは双眸《そうぼう》を大きく見ひらいた。

「きてもらったんだ。クーデター計画のもろもろを教わりたくて」

「！」

ヨードルの背すじがびくりと跳ねた。全身が硬直し、顔がさあっと蒼《あお》ざめた。

「知っているようだな。話してもらおう」

ルーファスはたたみかけた。

「な、なんのことだ」

ヨードルは、あわてて目を横にそらした。

「オプフェトミン、五単位」

バードが無造作に言った。

「薬を使うのか？」

驚いて、タロスが訊いた。

「情報部二課ってとこは、シビアなんだ」

バードは平然としている。

「よせ」ヨードルが叫んだ。

「こんなことをして、ただですむと思っているのか？」

必死の形相だ。声がひどくうわずっている。

「月並みだな。そのせりふ」

いつの間にか、ルーファスが無針注射器を手にしていた。強い圧力で薬品を皮膚から浸透させる装置だ。

ヨードルの軍服の袖がたくしあげられた。ルーファスは、あらわになった右上膊に注射器の先端を押しあてた。トリガーを引いた。
一、二秒で効果があらわれた。ヨードルの全身から、がくんと力が抜けた。
「テーブルの上に寝かせろ」

バードが指示を放つ。

ヨードルのからだが仰向けに横たえられた。

「あと三十秒だ」時計を見て、ルーファスが言った。

「三十秒後に訊問を開始する」

6

「俺がやろう」

バードが前にでた。腰をかがめ、ヨードル中尉の耳もとに口を寄せた。

「俺の言うことがわかるか？　ヨードル」

バードは囁《ささや》くように言った。

「わかる」

抑揚のない、うつろな声の言葉が返ってきた。

「ベルガブリエフのクーデター計画を知っているか？」

「知っている」

バードはルーファスを振り返った。ルーファスは大きくうなずいた。バードは、さらに質問をつづけた。

「連合宇宙軍の掌握状況を教えろ」

「総司令部は……」

ヨードルはゆっくりとしゃべりはじめた。淡々とした口調で、うわごとのように語る。

長い。恐ろしいほどに、その内容が多岐《たき》に渡っている。聞くうちに、バード、ルーファスの顔から血の気がさあっと引いていった。

「……も三割の指揮官を支配下に入れた。そして、第十二師団は……」

「まずいぜ」ルーファスが震える声で言った。

「こいつは完璧な計画だ」

「ギランはどの程度、関与している？」バードが早口で尋ねた。

「宇宙軍の最高司令官あたりが参画しているのか？」

「このクーデターの立案者はメイ・アレクサンドラだ」

「ちいっ」

ルーファスが舌打ちした。

「あの女狐《めぎつね》！」

バードが言う。声に強い怒気がこもっている。

「連合宇宙軍の総司令部を叩くのは無理だ」タロスが言った。

「俺たちだけでは手に余る。となると、あとはギランだ。各国の首脳が人質にされるのだけでも阻止できれば、このクーデターは大きく揺らぐ。場合によっては、未遂《みすい》に追いこむことも可能になる」

「訊いてみよう」バードはヨードルに向き直った。

「中尉、ギランにおける司令中枢の場所と、その防衛体制を根こそぎ明かせ」

「司令中枢はメティスのアバダーン基地。防衛体制は衛星軌道をめぐる艦隊を主体にギラン宇宙軍の全艦船が……」

ヨードルはよどみなく答えた。抵抗する様子は、まったくない。その証言は、すべて音声データとしてメインコンピュータに記録されている。

「以上だ」ヨードルが言を締めくくった。

「そのすべての施設に、隈《くま》なく兵士が配置されている」

「予想ほどじゃねえな」

ルーファスが首をひねり、うなるように言った。クーデターを指揮する中枢部に対するものとしては、意外に薄い配備だ。

「首都のあるメディアのほうに軍のあらかたを投入したからだろう」バードが言った。

「増強したとはいえ、相手は銀河系全域の太陽系国家だ。その首脳たちの身柄を確保するのに勢力をまわすのは、当然といえば、当然ってことになる」

「理屈だぜ」

ルーファスは納得した。状況を考えれば、ルーファスが首謀者であっても、同じことをする。

そのときだった。

「大佐！」

ばたばたとあわただしく、三人の男がホールへと駆けこんできた。ロコ、ピータ
ー、オリバーだ。

「どうした？　何かあったのか？」

背後を振り返り、ルーファスが訊いた。

「クラッシャージョウです」大きく肩で息をしながらロコが言った。

「さっき話にでてきたクラッシャージョウがあらわれました。ホーエンランデンベルク
城です。主席の秘書官と接触したとかなんとかで、大騒ぎになっています。手配と警報
で、通信回線はパンク寸前！」

「やべえ」タロスがリッキーと顔を見合わせた。

「ばれたんだ」

「いまは、どうなっている？」

バードが訊いた。

「わかりません」ロコは首を横に振った。

「宇宙船で逃げたって言ってますが、詳細は不明です」

「会合点だ」タロスが叫んだ。

「バード、会合点に行かないとまずい」

「ああ」小さくうなずき、バードはルーファスを見た。

「あんたの宇宙船、どこにある?」

「〈トール〉ならすぐそこだ」ルーファスはあごをしゃくった。

「基地の中に駐機してて、いつでも飛びだせる」

「じゃあ、そいつでコンテナ船に向かってくれ。ドッキングして、待機だ。俺たちはサンアンドリュースに行く」

「オッケイ。そのあとでギランだな」

「そうだ。メティスを叩く」

「ヨードルはどうします?」

ガモフが訊いた。

「用済みだ」バードが言った。

「知りたいことは、全部吐かせた。あとは手錠《てじょう》でもかませて、テーブルの下にでも放りこんでおけ」

「了解」

「行くぞ!」

全員、エアカーで本部ビルから飛びだした。

ルーファスのチームは基地の宇宙港へと向かった。バード、タロス、リッキーはサンアンドリュース宇宙港だ。

　三時間後。

　会合点から離れること十数万キロ。はるかテラ寄りの宇宙空間で、〈ドラクーンII〉はあたふたと逃げまわっている〈フェアリー〉を発見した。

「追われてるぜ」

　レーダーの光点を見て、タロスが言った。他人事のような口調だ。

「心配するな」バードは余裕を見せた。

「すぐに追っ手を吹き飛ばしてやる」

　しかし。

　距離を詰め、〈フェアリー〉を追う宇宙船を映像で確認するのと同時に、その余裕ははかなく消えた。

「あれは」バードがあえぎながら、言った。

「〈アトラス〉」

「なんだと」タロスの顔色が変わった。

「おやっさんがきたのか？」

　タロスもバードも、凝然《ぎようぜん》としている。このふたりが〈アトラス〉を見誤るはずがない。

「だめだ！」スクリーンを指差し、リッキーが叫んだ。

「このままじゃ、ジョウがやられちゃう」

「ミサイルを発射する」硬い表情で、タロスが言った。

「誘導は俺がやる。それで、〈アトラス〉のエンジンを一基だけつぶす。そうすれば、〈フェアリー〉は逃げきれる」

「おまえ……」

バードがタロスを見た。

「やってみせる」

タロスがミサイルのトリガーレバーを握った。

ミサイルが射出された。

タロスは、やってのけた。

爆発と同時に、ジョウから通信が入った。

「撃つな」ジョウが言った。

「もう撃つな。バード！」

「撃ちません」バードは返信を送った。

「ミサイルは、これ一発だけです」

むろん、タロスも同じ意見だった。

〈アトラス〉はよたよたと〈フェアリー〉から離れ、テラへと至る軌道にのった。船体火災は起こしていない。航行能力も、ぎりぎりのところで保っている。〈フェアリー〉と〈ドラクーンⅡ〉は、コンテナ船に戻った。

また作戦会議がはじまった。

当面の問題は、ギラン宇宙軍に気づかれることなく、どうやってメティスの衛星軌道にもぐりこむかということだった。

なんとかギラン星域外縁までたどりついたものの、それが解決しなければ、クーデターを目前にして殺気だっているギランの星域内に進入することは絶対にできない。

「録音したヨードルの音声データを主席に送って、直訴しようよ」

リッキーが言った。コンテナ船のリビングだ。今度はルーファスが加わって、六人がそこにいる。

「そいつは、もう手遅れだ」バードが言った。

「主席の乗った〈GG〉は、とっくにテラを発《た》っている。それに、薬を使って得た自白に証拠能力はない。まかり間違ってデータが届いたとしても、主席の耳に届く前に破棄される」

「…………」

リッキーは口をつぐんだ。

「こっちの勢力は、七百メートル級コンテナ船が一隻。二百メートルと百五十メートル級の駆逐艦改造船が、それぞれ一隻ずつ二隻。百メートル級万能タイプが一隻。そして人間が十八人だ」ルーファスが言った。

「対するに、敵は太陽系国家一の装備と陣容を誇るギラン宇宙軍と、連合宇宙軍全勢力の三分の一。マルスを離れるときは気負いこんでいたからそうでもなかったが、こうやってあらためて彼我《ひが》の差を考えてみると、つくづく無謀な挑戦だって気がしてくるぜ」

「………」

五人は首うなだれた。意気があがらぬこと、おびただしい。

「バード」

ふと思いついたように、ジョウが言葉を発した。

「なんでしょう」

「このコンテナ船、どこで手に入れた？」

「これですか？」予想だにしない質問だ。

「IDカードと同じです。情報部二課が設立したダミーの運輸会社があって、そこの名義で船会社から借りました」

「リース料は高いのか？」

「そりゃもう」バードは肩をすくめた。

「しかし、またなんだって、そんなことを」

「保険には、入っているのか？」ジョウは問いを重ねた。

バードの疑問を無視して、ジョウは問いを重ねた。

「もちろんです」

意味不明の質問だが、やむなくバードは答えた。

「故意に爆破しても、保険金はおりるかなあ」

独り言のように、ジョウはつづけた。

「まさか！」

バードの頬がひくひくと痙攣《けいれん》した。

「星域内が厳戒体制に入っていても、そこらじゅうに戦闘艦がひしめいているわけではない」ジョウは言った。

「艦隊は、作戦に応じて重点的に配備されているはずだ。そうでない宙域には、無人の哨戒用衛星を置く。どちらかといえば、そういう宙域がほとんどじゃないのか」

「それは、そのとおりです」

タロスがうなずいた。

「だったら、そこを狙おう」ジョウはタロスとバードを交互に見た。

「これまでに得たクーデター計画の情報すべてをコンピュータにぶちこんでシミュレー

ションをおこない、メティスに至るもっとも敵の少ない、いわば安全航路とでもいうべきやつを見つけだすんだ」

「不完全なものになりますぜ」バードは賛成しなかった。

「データが乏しすぎる」

「実際に行くときは、レーダーやセンサーを併用することができる」ジョウはすかさず反駁《はんばく》した。

「〈ドラクーンII〉や〈トール〉に搭載されたその手の装置は、スパイ用なだけに桁違《けたちが》いの能力を有している。ギランの防衛体制をだしぬくことは可能だと、俺は思う」

「うーむ」ルーファスがうなった。

「少なくとも、このアイデアをくつがえせるネタが、ほかにない」

「それで、コンテナ船をメティスの衛星軌道でやっちまうんですか?」

バードが訊いた。

「適当に爆破するつもりはない。できる限り、ギラン宇宙軍を牽制《けんせい》できる形で使いたい。場合によっては、地上の基地に突っこませることも考えている」

「たはっ」

ルーファスがむせた。ジョウの発想にあきれ、仰天した。

「クラッシャーってのは、むちゃくちゃな作戦を立てる」

首を左右に振って、ぼやいた。

「気にするな」困ったような表情で、バードが弁明した。

「ジョウがとくにむちゃくちゃなんだ」

第五章　野望の末路

1

手持ちの情報すべてが、コンピュータにインプットされた。

これまでに確保したクーデター計画及び、太陽系国家ギランに関するありとあらゆる情報だ。ハイパーウェーブで情報部二課の本部にあるコンピュータとオンライン化したため、航路算定の基礎となる情報量は膨大《ぼうだい》なものになった。また、ギラン星域を下見したときに得ていたデータが思いもかけず、役に立った。

航路が算出された。

と同時に、メティスのアバダーン基地を攻撃する段取りも完成した。

コンテナ船から〈ミネルバ〉、〈ドラクーンII〉、〈トール〉が離脱した。四隻の船は一団となり、ギラン星域内へと進む。

シミュレーションの精度は予想以上に高かった。レーダーのレンジ内に、宇宙船の光点はほとんど映らない。ときおり無人の衛星、あるいは軌道ステーションらしきものを捉《とら》えるが、これらは星域内に監視の死角を生じさせないために設置されているのだから、あって当然だ。

〈ドラクーンII〉と〈トール〉のステルスシステムをフル稼働させ、センサーの能力を殺して強引に通過した。

「便利だなあ。情報部二課の宇宙船って」

リッキーが感嘆の声をあげた。

「そのぶん、戦闘能力が犠牲になってるんだぜ」

通信スクリーンの中で、バードが笑って言った。

第九惑星コルキスの軌道を過ぎた。いよいよメティスへと針路を定める。

その作業を終えた直後だった。

〈トール〉から緊急通信が入った。

「艦隊がいる」

ルーファスが短く言った。

「座標は？」

ジョウが訊いた。

「4E012」

「アルフィン。集中走査しろ」

ジョウの指示に対し、アルフィンは首を横に振った。

「だめ。こっちのレーダーでは捕捉《ほそく》できていない」

「と、いうことなら」ジョウはスクリーンのルーファスに向かって言った。

「転針すれば避けられる」

「それは、むずかしい」ルーファスは、口をへの字に歪めた。

「もう微妙なところにさしかかっているんだ。うかつに針路を変えたら、重点警戒宙域のど真ん中に飛びこみかねない」

「じゃあ、どうする？」

「ここでデータを入れ替え、シミュレーションをやり直すのが最善策だ」ルーファスは言う。

「もっとも、それだと時間切れで、あの艦隊と遭遇する可能性が高い」

「艦隊の規模はどの程度だ？」

「艦隊自体は、ささやかなものだ。百五十メートル級が四隻。しかし、発見されて援軍を呼ばれたら、それまでとなる」

「〈トール〉と〈ドラクーンⅡ〉でレーダーレンジ外から艦隊をステルスシステムでま

るごとくるんでしまうってのはどうだろう」

「できないことはない。だが、やってなんになる。二隻とも、それで手いっぱいになり、ほかには何もできなくなる」

「かまわない」ジョウはあっさりと言いきった。

「あんな艦隊なら、〈ミネルバ〉一隻で始末できる」

「本気かよ？」

ルーファスの目が丸くなった。

「ジョウなら、やる」

バードの声が通信に割りこんだ。

「だったら勝手にするさ」ルーファスは半ばあきれた口調で言った。

「俺は、もう一生、クラッシャーとは組まねえ」

自動操縦になっている無人のコンテナ船をそのままにし、〈ミネルバ〉と〈ドラクーンII〉、〈トール〉は三方向に分かれた。

〈ドラクーンII〉と〈トール〉が加速七十パーセントで先行し、接近しつつあるギラン宇宙軍の艦隊に対して、ステルスシステムを起動させた。

ルーファスから〈ミネルバ〉に、情報封鎖開始の報が届いた。

「加速、百!」

間髪を容《い》れず、ジョウが怒鳴った。

〈ミネルバ〉のメインノズルが轟然と火を噴いた。

宇宙空間を疾《はし》る。〈ミネルバ〉は、一直線にギラン艦隊をめざす。

ステルスシステムの干渉で、〈ミネルバ〉のレーダーも無効になった。頼りはメインスクリーンの拡大映像だけである。

四隻の艦影が映った。

距離が一気に詰まっていく。艦隊は原因不明の通信途絶で、混乱している。迫りくる〈ミネルバ〉には気がついたが、応戦態勢をとることすらできない。人間なら、棒立ちという状態に陥っている。

射程内に入った。

ジョウはビーム砲のトリガーボタンを絞った。

鋭い光条が、先頭艦のエンジンを真ふたつに切り裂いた。さらに密集隊形のままだったため、四散した船体の破片が、後続艦の艦橋を貫いた。

あわてて二隻が展開を開始した。

ジョウはその鼻づらめがけ、ミサイルを連射する。

弾頭が一隻の船腹をえぐった。瞬時にして、その船は航行能力を失った。さらに、そこへあらたな弾頭が突入した。

戦闘艦が爆発し、火球となる。

残る一隻は、ミサイルの弾頭をかわした。が、それはあまりにも無理な針路転換であった。戦闘艦は〈ミネルバ〉の真正面に飛びだし、メインエンジン部を無防備にジョウの眼前へとさらした。

ビームが戦闘艦を灼《や》く。

また、紅蓮《ぐれん》の火球が大きく広がった。

ジョウは念のため、破片の直撃で艦橋がつぶれた船も完全に破壊した。万が一にも、通報されるわけにはいかない。これは非情に徹した者だけが生き残ることのできる熾烈《しれつ》な戦いだ。

「全艦、撃破」

戦闘が終わった。攻撃開始から二分と経っていなかった。

「すげえ」

ルーファスは言葉を失った。

メティスの衛星軌道まであと少しの位置に至った。

〈トール〉から、情報が転送されてきた。メティスを取り巻くギラン宇宙軍の艦隊がレーダーに映ったという。

五百メートル級宇宙戦艦が二隻。三百メートル級巡洋艦が四隻。百五十メートル級駆逐艦が七隻。それに、五百メートル級宇宙空母が一隻。堂々たる大艦隊である。

「いよいよ正念場だ」

ルーファスが言った。

「ああ」ジョウもそれを認めた。

「今度は、さっきのようにいかない」

「朗報だ」バードの声が唐突に響いた。

「いまギラン宇宙軍の交信を傍受した。アバダーンは地上基地じゃない」

「なんだって？」

「メティスをめぐる大型ステーションだ」

それは、まさしく朗報だった。海兵隊でも引き連れていれば話は違うが、そうでなければ、地上基地攻略は容易ではない。地上の基地の場合、重要施設のほとんどが地下深くに置かれているからだ。ジョウはその対策として、コンテナ船を地上に激突させようと考えていた。しかし、それでも地下施設にまでダメージを与えられるかどうかは疑問であった。その懸念が、いまの報告で一気に消えた。ステーション相手なら、コンテナ船の突入は間違いなく効果をあげる。基地そのものを確実に破壊できる。

「ヨードルも、そこまでは知らされてなかったんだな」

ルーファスが言った。

「よくまあ、そんなやつの情報をもとに、ここまできたものだ」

バードは苦笑した。

「アバダーン基地は、レーダーで捉えたのか？」

ふたりの軽口を押しのけ、ジョウが問いを放った。

「まだです」バードが答えた。

「ですが、通信傍受のおかげで、だいたいの座標はキャッチできてます」

「いいだろう」ジョウはうなずいた。

「監視網の隙間をかいくぐり、距離を詰める。爆弾を腹いっぱいにかかえたコンテナ船をプレゼントしてやるんだ」

「了解」

バードはあっさりと答えた。

だが。

ギラン宇宙軍はけっして甘い相手ではなかった。

アバダーン基地と呼ばれる全長二千メートルの円筒形ステーションには、〈トール〉のそれに匹敵する高性能レーダーが装備されていた。

〈トール〉のレーダーレンジ内に、アバダーン基地が入るのと同時だった。アバダーン基地から通信が飛んだ。

「ちっ」

スクリーンに映るバードは表情《かお》を歪ませ、舌打ちした。

それで全員が、事態の深刻さを察知した。ジョウがすかさず言った。

「艦隊がくる前に、コンテナ船を突っこませろ」

「無理です」バードが言った。その声とともに〈ドラクーンⅡ〉のレーダー映像が〈ミネルバ〉に届いた。

「アバダーン基地が回避行動をはじめている」

バードの言葉どおりだった。加速は鈍いが、円筒形ステーションが、ゆっくりと移動を開始している。コンテナ船の針路とは反対の方向だ。加速の差で、追っていればいつかは必ず追いつくはずだが、コンテナ船の加速もけっして大きくない。それまでにギランの大艦隊が到着するのは必至だ。

「…………」

ジョウは決断を迫られていた。この作戦の提案者である以上、何があっても指揮はとらねばならない。現に自動操縦に切り換えたコンテナ船のコントロール装置は〈ミネルバ〉に置かれている。

「バード。ルーファス」ふたりの艦長をまとめて呼んだ。

「援護してくれ」

「え？」

「コンテナ船は艦隊にぶつける。基地は俺がやる」

「全長二キロのステーションだぞ」ルーファスが言った。

「〈ミネルバ〉では歯が立たない」

「動力部に突っこんで、中から爆破してやれば、なんとかなる」

ジョウは凄惨《せいさん》な笑いを浮かべて、言った。

「たくもう、クラッシャーってやつはなんなんだ」

ルーファスは、またあきれた。

コンテナ船が、のったりと旋回する。

「艦隊の射程ぎりぎりまで、最大加速で航行させろ。そのあとは、すべての動力を切って慣性航行」器用にも、〈ミネルバ〉とコンテナ船をひとりで操っているタロスに向かい、ジョウが言った。

「とにかく一メートルでも二メートルでも艦隊に肉薄させてから、爆弾に点火だ」

宇宙船が、レーザービームや小型ミサイルといった、ブラスターに較べたらはるかに低エネルギーの火器で爆発するのは、作動中のエンジンや、動力ジェネレータを直撃されるからだ。逆にいえば、それらが動いていなければ、かなりの攻撃を浴びたとしても、致命傷にはならない。ましてや、コンテナ船は軽合金製の骨組と、からっぽの筒だけでできた宇宙船だ。コンテナ内部に詰めこまれた爆弾を撃ちぬかれない限り、暴発はありえない。そのようにジョウは踏んでいた。問題があるとすれば、自由に姿勢制御できないことだけだが、それはさしたる障害にはならないはずだった。

タロスが了解し、迫りつつある艦隊に向かってコンテナ船は最大加速での航行に入った。

〈ミネルバ〉の加速でいうと、四十パーセントほどに相当している。

「こっちは百だ」

ジョウはあらたな指示を発した。

〈ミネルバ〉も加速をはじめた。見る間にコンテナ船が遠ざかっていく。

アバダーン基地がメインスクリーンに映った。拡大率は最大にしてある。全長二千メートルの巨体が、いきなりスクリーン全体を覆った。距離は一万キロ。その数字がどんどん減じていく。

ステーションの動力部を視認した。円筒の一端だ。外観を見れば、一目でそれとわかる。

「動力部と居住区を結ぶ通路のあたりを破ろう。そこに〈ミネルバ〉を横づけし、中にもぐりこむ」

ジョウが言った。完全に特攻《カミカゼ》である。生命は捨てたも同然だ。

さらに距離が縮まった。

ステーションの一角がひらき、そこから何かがわらわらとでてきた。

迎撃機。

円盤型の宇宙戦闘艇だ。ギラン宇宙軍の機体である。

「こいつらは、まかせてください」

スクリーンのバードが、にやりと笑った。

2

〈ドラクーンⅡ〉から〈フェアリー〉が、発進した。〈トール〉からも、〈フェアリー〉と同型の搭載艇が二機、姿をあらわした。

迎撃機が広く展開する。レーダーに映る光点は十五。三対一の戦いだ。

「ちょうどいいハンディだな」

珍しくルーファスが大口を叩いた。どうやら、クラッシャー気質に感染してしまったらしい。

戦闘の火蓋《ひぶた》が切られた。

〈ミネルバ〉の周囲で、戦いの炎が渦《うず》を巻いた。が、〈ミネルバ〉はあえてそれに加わらない。まっしぐらにアバダーン基地をめざす。

だしぬけに、一機の宇宙戦闘艇が〈ミネルバ〉の針路をさえぎった。ビーム砲で正面から攻撃を仕掛けてくる。さすがに、こういう相手を黙って見すごすジョウではない。トリガーレバーを起こし、ジョウは応戦した。

戦闘艇が砕け散る。火球となって、消え去る。

「すまん。間に合わなかった」

バードが謝罪した。

アバダーン基地まで、あと三百キロ。

ステーションのそこかしこがぱぱぱっと光った。長射程の高出力ビーム砲だ。幾条もの光線が〈ミネルバ〉に殺到する。

「うるせえ！」

タロスが吼《ほ》え、荒い鼻息とともに操船レバーを大きく引いた。〈ミネルバ〉がその身を激しくよじった。Gが、わずかに慣性中和機構の能力を超え、重圧が、ぐうんと生じた。

距離二百キロ。そろそろ〈ミネルバ〉も反撃しないとあぶない。

ジョウの指がトリガーボタンを引いた。目標はステーション表面に立ち並ぶ砲塔だ。あれを叩いておかないと、動力部に肉薄できない。

「俺がやる」

〈トール〉が追いついてきた。ルーファスがそう言い、ミサイルを連続して発射した。砲塔のいくつかが、爆発して吹き飛んだ。あわてて転針してきた宇宙戦闘艇が、近づくこともできず、距離を置いて旋回している。

〈ミネルバ〉は絶好の位置に至った。動力部と居住区とをつなぐ通路が見える。

「行けっ！」

二十発のミサイルを集中して、その通路に射ちこんだ。弾頭数にして百に及ぶ。すさまじい火球が、数秒間、その一点だけをひたすらに灼いた。

だが。

「だめだ」

失望の声がジョウの口からほとばしった。

思ったほどの損傷を与えていない。わずかに表面の装甲をはぎとったのみである。突入は不可能だ。

「反転して再攻撃する」

ジョウはタロスに向かい、言った。〈ミネルバ〉の船体がうねるように弧《こ》を描いた。

メインスクリーンに偶然、ステーションと格闘する〈トール〉の姿が映った。

と。
四、五条のレーザー光線が〈トール〉を射抜いた。四基のメインノズルのうち、二基が噴射を止めた。
「ルーファス！」

ジョウが叫んだ。

「大丈夫だ」ルーファスは落ち着いていた。

「こっちの心配より、そっちのほうが重要だ。早く基地の中に突っこめ」

「そうしたいが、あの基地は予想以上に頑丈だ。無事というのなら、もう少し粘ってくれ」

タロスが言った。

「了解」

ルーファスは胸を叩いて応じた。しかし、それは虚勢だった。〈トール〉の動力部は、その内奥《ないおう》で火災を起こしていた。

「隊長、だめです」

〈ミネルバ〉との通信を切った直後、ルーファスはロコからの報告を受けた。

「爆発は時間の問題です」

ロコは言う。

「そうか」

ルーファスは瞑目《めいもく》した。七人の部下のうち、ふたりは搭載艇で船外にでている。そのふたりも含めて、クルーは七人とも〈ドラクーンII〉に収容してもらえるはずだ。となれば、あとはどう〈トール〉に死に花を咲かせてやるかだ。

「全員、ハードスーツを着て脱出」

ルーファスは、命令を発した。

そのころ。

〈ミネルバ〉は、ミサイルの第二波をステーションに叩きこんでいた。しかし、外壁はいっこうに崩れない。

「くっそう」

ジョウは唇を噛んだ。

「ジョウ」タロスが言った。

「〈トール〉の動きがおかしい」

「なに？」

頬をひきつらせ、ジョウはレーダーに目をやった。〈トール〉を示す光点が、まっすぐにステーションめがけて突き進んでいる。めざしているその先は、ジョウが目標としている基地の通路だ。

「ルーファス！」ジョウは急ぎ、〈トール〉を呼んだ。

「何をする？」ルーファスがでた。

「〈トール〉はもう飛べない。部下は脱出させた。あいつらと、〈銀河の栄光《ザ グローリー オブ ギャラクシー》〉を頼む」

通信が切れた。

「やめろ。馬鹿！」

ジョウは大声で怒鳴った。

〈トール〉の光点が吸いこまれるように移動し、ステーションのそれと完全に重なった。

爆発が沸き起こった。

メインスクリーンが真っ白になった。

あの巨大なステーションに回転運動を与えるほどの大爆発だった。光がスクリーンを埋めつくす。

そして。

残像をあとに残し、白光はだしぬけに失せた。

スクリーンに映像が戻った。通路部分に、大きな穴がぽっかりと口をあけている。

一方。

〈トール〉がステーションに突入したまさにその瞬間。そこから一万数千キロを隔てた宇宙空間でも、一艦隊が全滅するほどの大爆発が起きていた。

七百メートル級コンテナ船の自爆である。

クラッシャーの使う遊星破壊用の特殊爆弾が、その比類なき力を披露《ひろう》した。彼我《ひが》の距離、数キロを置いての爆発だったが、その破壊力の前には、戦艦クラスの艦船といえどもひとたまりもない。艦隊のあらかたとコンテナ船は、まばたきする間もなくガスと化し、宇宙空間に四散していった。

これで、アバダーン基地を護衛するものはどこにもいない。

〈ドラクーンⅡ〉が宇宙戦闘艇を片づけて、反転してきた。〈トール〉から脱出した乗員の回収をはじめた。〈ミネルバ〉と〈ドラクーンⅡ〉はベクトルを合致させ、巨大ステーションに対し、静止状態に入った。

〈ミネルバ〉のハッチがひらいた。

ジョウ、アルフィン、リッキーがヘルメットを着用して船外にでてきた。ステーションに飛び移り、通路にあいた大穴の外縁へと到達した。基地への潜入である。タロスも同行を望んだが、ジョウが制した。この状況で〈ミネルバ〉に残る者となれば、それはタロス以外にない。

〈トール〉の捨て身の激突によって穿《うが》たれた通路外壁の穴は、直径で十五メートルほどもあった。内部は、ねじれ、へしゃげて、ぐしゃぐしゃになっている。ハンドライトで周囲を照らしたが、全体像がまるで見てとれない。

そこへ、〈ドラクーンII〉からバード以下、八人の情報部員がやってきた。大型の探照灯をふたりがかかえている。その光を得て、十一人は、通路の奥へと進んだ。

半ば手探りで通路を行くと、いきなりまわりが明るくなった。通路の壁が白く発光している。床面に垂直に働く〇・二Gの人工重力も復活した。どうやら、ここから先は環境維持システムが生きているらしい。

また、しばらく進んだ。十数メートルを移動した。そのとき、ジョウは何かがおかしいことに気がついた。

「隔壁だ」

独り言のように、ぽつりとつぶやいた。

「なんですか？」

十人の声がヘルメットの中で響いた。知らず漏らした独白が、そこにいる全員に伝わった。

「降りていないんだ」ジョウは説明した。

「隔壁がひとつも見当たらない」

「そういえば」誰かが言った。

「未だに真空状態だ」

どんな宇宙船でもステーションでも、外壁に損傷が生じたら、他の区画を守るために、通路が自動的に閉鎖される。そうでなければ、一部損壊というささやかな事故が、乗員全滅という惨事につながってしまう。にもかかわらず、この通路はあれだけ破壊されながら、どこも閉鎖されていない。隔壁がまったく降りていない。

「何かあるぞ。こいつは」

バードが言った。怪しい気配が、たしかに感じられる。

思えば、アバダーン基地には不審な点がいくつかあった。異常なほどに手薄な警備。地上基地ではなく衛星基地になっていたこと。敵の侵入をあっさりと許したこと。とても、このステーションが指揮中枢であるとは思えない。一般の基地ですら、もっと防衛体制がととのっている。いままでは艦隊の多くが、他のポイントに配置されているためだろうとむりやり納得してきたが、こうなると、この基地は獲物《えもの》を檻《おり》の中におびき寄せるための罠《わな》のような気がしてくる。

罠！

「おいっ」ひとりが叫んだ。

「〈ドラクーンⅡ〉と連絡がとれない」

「なにっ？」

不安が、どす黒く胸の裡《うち》に広がった。ジョウはあわてて〈ミネルバ〉を呼んでみた。

誰かの声が言ったとおりだった。何度、信号を送っても、反応がない。交信が断たれている。

「戻れ」

「戻ろう」

声が飛び交った。十一人は慌ててきびすを返し、通路を逆にたどろうとした。

そこへ。

隔壁が落ちてきた。

「ぐあっ」

ひとりが下敷きになった。隔壁が閉まった。

「銃だ！」また誰かが叫んだ。

「こちらを狙っている」

隔壁の中央だった。そこからレイガンとおぼしき銃身がまっすぐに突きだしている。

ふいに閃光が疾《はし》った。

ビームが闇を貫いた。ひとりが光条に裂かれ、もんどりうった。残る九人は、わっとばかりにあとじさった。

ジョウは後退しつつ、無反動ライフルを構えた。トリガーボタンを絞った。全自動モードで乱射した。弾丸が、レイガンを粉砕した。

「ジョウ、上っ！」

アルフィンの声が耳に響いた。隔壁だ。隔壁が落ちてきた。反撃しているうちに、ジョウひとりが遅れた。身を投げだし、滑りこむようにして、ジョウは落下する隔壁をかわした。

あらたな隔壁の中央には、やはり銃身があった。ジョウはまたライフルを連射した。

そして……。

撃たれる。反撃する。隔壁が落ちてくる。また撃たれる。

これが何度、繰り返されたことだろうか。

ジョウたちは、通路の奥へ奥へと追いたてられた。いつの間にか、人数が六人になっている。ふたりがレイガンに仕留められ、ひとりが隔壁に圧《お》しつぶされた。

退《さが》るジョウの背中に、硬い感触があった。

振り向くと、そこに壁がある。突きあたりだ。ついに袋小路《ふくろこうじ》へと追いつめられた。

すうっと壁の一部が横にスライドした。ただの壁ではなく、扉になっている。

「動力コントロールルームだ」

バードの声がヘルメットの中で響いた。

「どうしても、ここに招待したかったんだろう」

　ジョウが言った。ここにきたのは、ジョウたちの意志ではない。かれらは、ここに誘導されて、やってきた。

「招待には応じるべきです」

　バードが皮肉っぽく言った。

　中に入った。

　唐突に空間が広がった。横も、奥行も、頭上も、驚くほどに広い。そして、その空間の多くが巨大な機器、装置によって占拠されている。動力プラントだ。このステーションで必要とされるエネルギーのすべてをまかなっている大型のシステムだ。が、このプラントはほんの一部しか動いていない。

　装置の蔭《かげ》から、黒い影があらわれた。

　影は四十人の男のそれだった。

　男は、黒い軍服を着た兵士だ。全員、気密服は身につけていない。それで、この空間に空気が満たされていることがわかった。

「闇小隊《ダーク・プラトゥーン》」

　バードが低くつぶやいた。

3

闇小隊の隊列が割れた。その奥から、ひとりの兵士が前に進みでてきた。ジョウはその顔を凝視した。見覚えがある。ロサンゼルス東署の留置場で、ジョウたちにあれこれと命令した男だ。闇小隊の隊長である。

「もう気がついただろう」隊長は言った。

「このステーションはおとりだ。妙に鼻の利く邪魔者どもをおびき寄せるために用意した。にしても、よくここまできた。とくに、そこのクラッシャーの執念《しゅうねん》には感服している。そのことに敬意を表し、皆殺しにする前に、挨拶《あいさつ》をすることにした」

隊長は右手を高く挙げた。背後に並んだ兵士たちが、いっせいにパルスレーザーガンを構えた。

「死ぬがいい。銀河帝国の栄光のために」

ほざけ！

と、ジョウは思った。人類が必死の努力で開拓した銀河には、たしかに守らねばならぬ栄光がある。しかし、血腥《ちなまぐさ》い銀河帝国に栄光と呼べるものなどはない。うつろな言葉だけのお題目。そんなもののために死ぬ気は、毛頭ない。

高く伸ばされた隊長の手が、勢いよく振りおろされた。

つぎの瞬間。

期せずして、六人のうちの五人が跳んだ。

床に転がったのではない。宙に跳んだ。重力は〇・二G。通常の五倍の距離を跳んだ。

四十人の兵士は、それぞれが異なるポイントを狙っていた。標的がどう動いても仕留められることを計算した射撃だった。が、宙を狙っていた者は、皆無だった。闇小隊は地上戦のプロだ。かれらが訓練を受けた場所は惑星上である。重力は一G前後。〇・二Gではない。

床と壁がずたずたに切り裂かれ、横ざまに逃げたひとりだけが、パルスレーザーのエネルギーで弾け散った。あとの五人は、まったくの無傷だった。

空中で反撃を開始した。ジョウたちは手にした火器で、闇小隊を撃った。

兵士十人ほどが血しぶきをあげ、昏倒《こんとう》する。

闇小隊は左右に走った。さすがはエリートを集めた特殊部隊。動揺したのは、ほんの一、二秒だ。かれらは瞬時に体勢を立て直し、パルスレーザーガンを構え直した。

ジョウたちの連射と、兵士たちのパルスビームが交差する。

また何人かの兵士が、鮮血を撒《ま》き散らして転がった。逆に、ジョウたち五人は被弾していない。リッキーだけがパルスビームに脇腹をかすめられ、呻き声を発した。怪我はない。ショックだけだ。クラッシュジャケットがリッキーを守った。五人は床に舞い降り、動力プラントの隙間へと身を投げた。

激しい銃撃戦になった。

正面からの撃ち合いだ。パルスレーザーガンの弾幕はすさまじい。ジョウたちが楯とした装置はパルスビームに削られ、えぐられ、砕かれた。あっという間に骨組だけのジャンクとなった。

ジョウたちはプラントからプラントへと機器の間をぐって逃げた。戦うどころではない。兵士たちは、容赦《ようしゃ》なく撃ちまくってくる。動力プラントの破壊がどういう結果をもたらすかなど、眼中にない。

と。

ふいに射撃が途切れた。

しんとした空白の時間が生じた。

どうした?

息をひそめてプラントの蔭に隠れていた五人が、この変化をいぶかしんだとき。

硬い音を響かせ、何かがプラントの中へと投げこまれた。反射的に、五人はそれを見た。

いきなり、炎が噴出した。

酸化触媒ポリマーだ。ロサンゼルス東署を灼きつくした悪魔の兵器である。あの惨劇を、闇小隊はここで再現させようとしている。

間断なく、酸化触媒ポリマーが飛んできた。

数秒と経たぬうちに、あたりが火の海になった。床も壁も装置も、何もかもが炎上した。

逃げ道がひとつだけあった。だが、それはパルスレーザーガンが狙いをつけている死の逃げ道だ。

万事休す。

これまでか、とジョウたちは観念しかけた。

轟音が響き渡った。激しく耳をつんざいた。

直後。しゃりしゃりという金属音がつづいた。さらに、爆発音と悲鳴がその上に重なった。プラントの奥で体をかがめているジョウたちには、何が起きたのか、まるでわからない。

ジョウは意を決した。

音から判断して、闇小隊は混乱している。ならば、脱出も不可能ではない。

身を起こし、ジョウはダッシュした。唯一の逃げ道から、炎の包囲の外へと飛びだした。それを見た四人が、そのあとを追った。

ジョウの目に最初に映ったのは、床に倒れるおびただしい数の黒い兵士たちの屍体だった。そしてつぎに、螺旋《らせん》を描く緑色のビームと、それを発射する透明の主砲が見えた。その向こうには、車体長六・一メートル、全幅二・九八メートルの巨体がある。地上装甲車だ。

〈ミネルバ〉の搭載車輛。〈ガレオン〉。

〈ガレオン〉が扉を破って、動力コントロールルームに突入してきた。いまは、電磁主砲、レーザー砲、ブラスターを乱射して、ひたすら暴れまくっている。

黒い兵士たちは全滅寸前だった。もう数名を数えるほどしか残っていない。

いかに精鋭を誇る闇小隊であっても、地上装甲車に不意打ちされては抗すすべがない。一方的に標的とされた。

ジョウは、生き残っている兵士の中に、隊長の姿を見出だした。あれは俺の獲物《えもの》だ。そう思った。狙いを定める間も惜しく、ライフルを撃った。弾丸が隊長の全身を貫き、後方に大きく跳んで、背中からプラントのひとつに激突した。そのままくずおれる。床に落ちる。

気がつくと、闇小隊は全滅していた。

〈ガレオン〉のハッチが、跳ねるようにひらき、タロスが顔をだした。

「ジョウ！」

「タロス」

五人はガレオンの前に駆け寄った。

「通信が切れたんで、やばいと思いましてね」タロスは言った。

「あわてて下部ハッチから、こいつを宇宙空間に放りだし、通路の大穴まで運んだんです。しかし、重力のないところでこんなものを移動させようなんて考えちゃだめですな。もう二度とやりません」

後半はぼやきになった。六人はどっと笑った。が、笑うのは少し早かった。まだ〈ガレオン〉を〈ミネルバ〉に戻すという作業が残っていた。それがまた、地獄の一仕事だった。

消耗《しょうもう》しきって、クラッシャーの四人は〈ミネルバ〉の操縦室へと帰ってきた。

気力という気力が、すべて萎《な》えてしまっている。アバダーン基地がおとりとわかった以上、つぎの手を打つ必要がある。だが、それをしようという気がどこからも湧いてこない。

崩れるように、ジョウはシートへ腰を置いた。タロスもリッキーもアルフィンも同じだ。いまはただ、休み、眠りたい。

が、状況はそれを許さなかった。

通信機に呼びだし音が入った。

受けたくなかったが、放っておくといつまでも呼びだし音が鳴り響くので、やむなくスイッチをオンにした。

通信スクリーンに映ったのは、バードだった。かれの顔にも、疲労の色が濃い。

「なんだ?」

ジョウは短く訊いた。言葉の数まで減らしている。

「派手にやりすぎたようです」バードは言った。

「三方向からこっちに向かってくる艦隊の光点がレーダーに映ってます」

「うーん」うなって、ジョウはぐったりとなった。

「もう、戦いは飽《あ》きた」

言を継いだ。柄《がら》にもない、しかし、いまのところは本音のせりふだ。

「だったら、逃げましょう。まだこっちのレーダーレンジいっぱいの位置にいますから、なんとかなります。先導しますから、ついてきてください」

「ああ。——タロス」

「へえ」

ジョウはのったりと操縦席に目をやった。

「行け」

〈ミネルバ〉と〈ドラクーンⅡ〉の二隻は、加速六十パーセントでアバダーン基地から離れた。もう、作戦はない。とりあえず、迫りくる艦隊をかわすことだけが目的の航行だ。しかし、それは見通しの甘い、うかつな動きとなった。

無人哨戒衛星が、正体不明の宇宙船二隻を捕捉した。〈ミネルバ〉と〈ドラクーンⅡ〉だ。

〈トール〉を失い、ステルス能力が低下していたのが致命的だった。しかも、クルーの疲労が警戒心を稀薄にさせている。

四方から艦隊が集まってきた。それが二隻の後方についた。レーダーで、十一隻の巡洋艦、駆逐艦を確認した。加速を八十パーセントにあげたが、コースを好きに選べる艦隊側のほうがはるかに有利だ。距離がじりじりと詰まっていく。

キルケの軌道を過ぎ、第六惑星カリュドンのそれにまで至った。

艦隊との距離はついに三百キロを切った。完全に、巡洋艦が搭載する三十センチブラスターの射程内だ。〈ミネルバ〉の船体をブラスターの火球が擦過《さっか》しはじめた。連合宇宙軍の五十センチブラスターほどの威力はないが、あなどれる火器ではない。〈ドラクーンⅡ〉と〈ミネルバ〉は必死で航行した。振りきるのは無理でも、包囲されないようにつとめた。

が、それも限界に達した。包囲はされなかったが、差が見る間に詰まった。ブラスターの狙いが正確になる。

〈ミネルバ〉の主翼先端が火球に包まれた。わずかだが、外鈑が蒸発する。

これ以上は、逃げきれない。

「くそっ」

バードの悪態が、通信機を通して〈ミネルバ〉に届いた。

「どうした？」

ジョウが問う。

「真正面から一隻きます。百から百五十メートル級の小型船」

「戦闘艦か？」

「武装しています」

「放置しろ。もう、打つ手がない」

「はあ」

「真正面から当たったほうが、せいせいするだろう」

さすがのジョウも、すべてを投げていた。

正面からくる船の映像がスクリーンに入った。

「あっ！」

バード、タロス、ジョウ、アルフィン、リッキーが、いっせいに叫び声をあげた。

「〈アトラス〉！」

合唱になった。

〈アトラス〉だ。前方からまっすぐに突っこんでくる宇宙船は、クラッシャーダンの〈アトラス〉である。

「悪くないな」ぼそりと、ジョウが言った。

「親父にやられるなら、少しは気分がいい」

〈アトラス〉との距離が、急速に詰まった。

〈アトラス〉は撃たない。ただ接近してくるだけ。

接舷する気か？

ジョウたちがそう思った瞬間。

すうっとすれ違った。〈アトラス〉が二隻の船の横をすりぬけた。

「え？」

全員、きょとんとなった。

〈アトラス〉が突き進んでいく。〈ミネルバ〉と〈ドラクーンⅡ〉を追ってくるギラン艦隊のただ中へと。

とつぜん。

火球がひろがった。

〈アトラス〉の船体が爆発した。ギラン艦隊に攻撃されたわけではない。自爆だ。

拡散する熱エネルギーと衝撃波に、ギラン艦隊が直撃された。

これは、先にコンテナ船を使ってジョウがやった手口とまったく同じだ。それを〈アトラス〉が、みずからおこなった。

「親父！」

ジョウの顔から血の気が引いた。

「おやっさん！」

バードも、タロスも顔色を変えた。

ギラン艦隊が潰滅《かいめつ》状態に陥った。

もう、〈ミネルバ〉と〈ドラクーンII〉のあとを追う戦闘艦は、どこにもいない。

そして。

〈アトラス〉の船影もない。

誰もが、ただ茫然としていた。

4

〈ミネルバ〉は第五惑星オレステステスの衛星、スールーの闇の領域にへばりついていた。

それは、ひと月前に同じオレステスのコーラルでジョウたちが見た光景と酷似《こくじ》していた。

　この事件、すべてはそこからはじまっている。

〈ドラクーンII〉は、〈ミネルバ〉と行動をともにしていなかった。

アバダーン基地の罠から脱したあと、バードとジョウは、今後どうするかを話し合った。バードは危険を冒してでも、クーデター計画の中心地であるメディアに向かうべきだと主張した。それは、たしかに正しい意見だった。このクーデター計画において、人質にされる各太陽系国家首脳の果たす役割は大きい。これを阻止、もしくはなんらかの形で妨害することができれば、クーデター全体の蹉跌《さてつ》にもつながるはずだ。

しかし、それでもジョウは、メディアに行く作戦をあえて拒んだ。

　ジョウの脳裏には、ある言葉が焼きついている。それは、護衛の任に着く前に、ド・テオギュール主席が贈ってくれた言葉だ。

〝〈GG〉を護るということは、真の意味で、銀河《ザ　ギャラクシー》の栄光《グローリー　オブ》を護ることだ。銀河連合は、銀河の平和と利益を確保するための機関だ。〈GG〉は、その象徴として存在している。〈GG〉が侵されるときは、銀河の平和が侵されるときだ。〟

　主席は、そう言った。

ジョウはクラッシャーである。クラッシャーは金によって動き、それ以外のことでは動かない。たとえ、銀河の平和のためであっても、その原則は貫く。

ジョウは〈GG〉の護衛として雇われた。それが謀略により、主席を狙う殺し屋ということにされた。おそらく仕事は正式にキャンセルされ、前払いの礼金も、クラッシャー評議会を通じて返却されてしまったことだろう。

もう、ジョウは〈GG〉の護衛ではない。

だが、ジョウは最後の最後で、また〈GG〉を護衛する道を選んだ。

まっとうできるとは、思っていない。第九惑星コルキスを境に、〈GG〉の護衛は連合宇宙軍からギラン宇宙軍へと引き継がれる。宇宙軍側の護衛は、二隻の駆逐艦〈トリスタン〉と〈イゾルデ〉だけになる。いや、その二艦ですら信用できない。ベルガブリエフに与《くみ》している可能性が十分に考えられる。

その中に躍りこんだジョウが、無傷で生き残れるとはとても思えなかった。ジョウがやろうとしているのは、見通しのない、いわば自殺的行動だ。

ジョウはなぜ、そんな道を選んだのか？

答えは、ド・テオギュール主席の言葉の内にあった。ド・テオギュールが語ったのは、『信』についてである。銀河系の平和と利益を護ると宣言した銀河連合に寄せられた期待は、『信』にほかならない。銀河連合は、この『信』に応える義務を負っている。それをド・テオギュール主席は、ジョウに語った。

〈GG〉を最後まで護ること。それは、一度その任務を請け負《う》ったクラッシャーにとって『信』に応えることとなる。銀河連合がジョウをキャンセルしたとしても、ジョウは違う。かれは、まだ自分の仕事をキャンセルしていない。

ジョウには、ド・テオギュール主席の『信』に応える義務があった。

かくて、〈ドラクーンⅡ〉はメディアに向かい、〈ミネルバ〉はスールーの蔭へと身をひそめた。どちらがいいとか悪いとか、そういうことではない。どちらも、それぞれにとって最善の道をとった。

〈ミネルバ〉のレーダーに、〈GG〉と、それを取り巻くギラン宇宙軍の艦船の光点が映った。おびただしい数だ。通常の概念をはるかにしのぐ大艦隊である。

八百メートル級戦艦が十隻。五百メートル級戦艦が十五隻。三百メートル級軽巡洋艦が二十隻。二百メートル級駆逐艦が二十五隻。計七十隻にも及ぶすさまじい陣容だ。

ジョウはかつて、戦艦、巡洋艦、その他の艦船とりまぜて百三十六隻という艦隊と行動をともにしたことがあった。しかし、あれは宇宙海賊との決戦のために集結した、連合宇宙軍の総力をあげた艦隊だった。が、これは違う。七十隻の艦船は、たった一隻の船を護るために存在している。いや、そうではない。それは誤りだ。この七十隻は、たった一隻の船を屠《ほふ》るため、ここにある。

ジョウはレーダー画面を前に、薄く笑った。かれの戦闘意欲は、これを見ても、まったく失われていない。〈アトラス〉の最期《さいご》を目にして以来、全身を重く覆っていた虚脱感は嘘のように霧散した。意識も肉体も火と燃えており、これ以上ないほどに充実している。

戦う。

ただそれだけが、いまのジョウに課せられたことのすべてだ。

〈GG〉が、オレステスを周回する衛星軌道にのった。いよいよ、ギラン総統メイ・アレクサンドラの乗船する〈クレオパトラ〉との合流である。

〈クレオパトラ〉は純白の、優美な鳥を連想させるフォルムを持った三百メートル級の水平型宇宙船だった。その姿は造形美の極致と謳《うた》われ、銀河系でもっとも美しい船として、つとにその名が高い。

〈GG〉と〈クレオパトラ〉が、オレステスの衛星軌道上で並んだ。外側に少しずつふくらんでいく螺旋《らせん》軌道を描き、二隻の船と大艦隊はオレステスを二周する。そして、加速十パーセントというゆったりとした速度で、オレステスから離れていく。

レーダー面の光点が〈ミネルバ〉へと近づいてきた。〈GG〉と〈クレオパトラ〉は、スールーをかすめて、メディアへと至る。あらかじめ定められた航路に、変更はない。

スールーは、最大長十四・八キロ。〝岩のかけら〟クラスの衛星だ。とはいえ、体積はコーラルの四倍以上ある。軌道は四十八個の衛星のうちで、もっともオレステスに近い。

〈GG〉と〈クレオパトラ〉の艦隊が、スールーに最接近した。約八千三百キロ。あまりあてにはならないが、ヨードルから仕入れた情報では、このあたりで〈クレオパトラ〉がすうっと〈GG〉から離れ、ギラン宇宙軍の護衛艦が〈GG〉への攻撃を開始するはずであった。

が、まだそのきざしはどこにもない。

極度の緊張が逆に神経の弛緩《しかん》をもたらした。スクリーンをじっと睨みつけていたジョウは、何をしているのか、ふっとわからなくなった。

と、その隙を衝《つ》くかのように。

「あっ」

アルフィンが小さく叫び声をあげた。

ジョウはシートの上で飛びあがり、メインスクリーンに対峙《たいじ》し直した。

〈クレオパトラ〉が動いた。無造作に〈GG〉の前へと、進みでた。

「タロス」低い声で、ジョウは言った。

「加速百二十。出番だ」

〈ミネルバ〉のメインノズルが轟然と咆《ほ》えた。その銀色の船体が身震いするように躍動した。〈ミネルバ〉は無謀そのものといえる高加速で闇を裂いた。あっという間に、

〈GG〉の眼前へと飛びだした。

狙う相手は〈クレオパトラ〉のみ。

大艦隊が、いかに〈GG〉を攻撃せよと命じられていても、現実に〈クレオパトラ〉があやうくなっては、それどころではなくなる。ジョウは、そう読んでいた。

トリガーボタンを両の手で絞った。ミサイル、ビーム砲のすべてを目標に叩きこんだ。

駆逐艦が捨て身で〈クレオパトラ〉を護った。何隻かの艦船が、数秒の間につぎつぎと爆発した。その爆発の向こう側にあって、〈クレオパトラ〉に傷はひとつもない。

「反転！」

ジョウが怒鳴った。最初の奇襲は失敗した。しかし、〈GG〉は無事だ。予期せぬアクシデントで、ギラン宇宙軍の攻撃はまだはじまっていない。再度突っこむことができるのなら、今度こそ〈クレオパトラ〉を仕留める。絶対に逃がさない。

が、やはり、それは容易ではなかった。転針こそうまくいったが、〈ミネルバ〉は完全に巡洋艦、戦艦の包囲の中にある。いま一度〈クレオパトラ〉を追うどころではない。艦隊からの斉射があったら、それで〈ミネルバ〉は宇宙の塵《ちり》と消える。

「なんなの？　これ」

アルフィンがとつぜん驚愕《きょうがく》の声をあげた。ジョウは、それを無視した。いまは他に心を配る余裕がない。包囲の網を破るべく、〈ミネルバ〉をアクロバティックに操らなければならない。

　アルフィンはつづけた。

「すごい規模の艦隊がいる。ギラン宇宙軍なんか問題にならない数の大艦隊！」

「？」

　何を馬鹿な、と言おうとして、ジョウはその言葉を呑んだ。レーダーに視線を移すと、たしかにその一角を無数の光点が埋めつくしている。アルフィンの言は事実だ。

「連合宇宙軍だな」他人事のようにタロスが言った。

「連合宇宙軍の裏切者が、援軍として、やってきた」

「嘘よ」アルフィンが反論した。

「ベルガブリエフの掌握《しょうあく》している艦隊は、各太陽系国家を制圧するだけで手いっぱいなんでしょ。こんな艦隊、割《さ》けるはずがない」

「じゃあ、なんだ」

「ジョウ。タロス」リッキーが声をあげた。

「包囲網が崩れてる」

「なに？」

　ジョウとタロスは同時に目を剝いた。リッキーの言うとおりだ。ギラン宇宙軍はあわてふためくように隊列を乱し、〈ミネルバ〉への包囲を解いて、迫りくる連合宇宙軍を相手に、あらたな陣形をととのえようとしている。

「どういうことだ？」

タロスが首をひねった。

「だから、裏切者艦隊じゃないのよ」

アルフィンが言った。

「いや、しかし」

ジョウが言葉を返そうとしたとき、だしぬけに通信機から呼びだし音が鳴り響いた。

「今度はなんだ？」

通信スクリーンをオンにした。

とたんに、四人のからだが硬直した。まさしく凍りついたという感じだ。声がでない。

ジョウが何度も口をぱくぱくさせた。それでようやく、声を喉《のど》の奥から引きずりだす
ことができた。

「お……親父」

通信スクリーンに映っているのは、クラッシャーダンである。

「いちいち驚くな」スクリーンのダンが言った。

「さっきの〈アトラス〉は自動操縦だ」

「自動操縦」

「わしはいま、〈GG〉にいる。ここで、このまま連合宇宙軍の指揮をとる。おまえは〈クレオパトラ〉を追え。メイ・アレクサンドラは、メディアに逃げこむつもりだ」

「指揮をとる？」

「ぐずぐずするな！」ダンの額に青筋が立った。

「早く行け！　時間がない」

「で、でも」

「黙れ！　説明はあとだ。――タロス！」

「へっ、へい」

「急げ。〈クレオパトラ〉が逃げる」

「へっ、へい」

通信が切れた。ジョウとタロスは互いに顔を見合わせた。それからすぐに、自分の仕事に戻った。

あたふたと、〈ミネルバ〉は〈クレオパトラ〉を追った。

5

バードはギランの首都、メディアのエリニュスにいた。

ひとりではない。激戦を生き延びた六人のクルーも一緒だった。

バードははじめ、〈フェアリー〉でたったひとり、メディアに潜入するつもりでいた。クーデターの中心舞台となるメディアだ。さぞかし警戒も厳しいだろうから目立たぬ小型搭載艇で、単独行動をするつもりでいた。

ところが、意外なことに、メディア周辺の艦隊配置は穴だらけだった。極端にいえば、おとりだったメティスのそれよりも杜撰《ずさん》であった。

バードは、あっさりと予定を変更した。

〈ドラクーンII〉での直接進入を決めた。だが、着陸地点が問題だった。いくら艦隊配置がおざなりだといっても、地上の宇宙港や基地は事情が違う。それなりに緊張しているはずだ。それに、入国手続きをトラブルなくすませられる自信が皆無だった。

バードはメディアの地図を調べた。

案ずるより産むがやすしという結論がでた。もぐりこむのにうってつけの場所が、エリニュスからさほど離れていない街にある。

廃港になったローカル宇宙港だ。予定では何かの施設になるはずだったが、まだ着工には至っていないとデータに記されていた。情報部二課専用の地図データである。誤って、得体の知れぬ重要施設に着陸する恐れはまったくない。

そして、そのとおりになった。

いっさいの妨害、攻撃を受けることなく、〈ドラクーンⅡ〉はその廃港の離着床に着陸した。

にしても、無許可宇宙船の大気圏内進入と廃港への強引な着陸である。もう少し何かあってもおかしくない。大騒ぎとはいかないまでも、誰何《すいか》の通信くらいは必ずあるとバードは覚悟していた。それが、驚いたことに、通信機の呼びだし音すら鳴らなかった。これはむしろ、薄気味が悪い。騒動を期待していたわけではないが、廃港のある場所は、銀河帝国への野望を抱いて一国の元首がクーデターを企図し、その舞台にしようとしている首都の近辺だ。それが、この拍子抜《ひょうしぬ》けの有様となれば、腑《ふ》に落ちるものも落ちてくれない。

いやな不快感を抱きながらも、バードはエアカーを調達し（早くいえば盗んで）、エリニュスへと入った。このときも、検問のひとつすらなかった。好き勝手、自由に行動ができた。

クーデター計画など存在しないのでは？　そういう疑問が、ふっとバードの脳裏をかすめた。しかし、そうなると、これまでの命懸けの体験も否定しなければならなくなる。それだけはしたくない。あれは、夢や気のせいではなかった。

バードのエアカーは、銀河連合首脳会議がおこなわれるアレクサンドラ記念大ホールに着いた。ここには、さすがに検問所がいくつか存在した。部下ともども、バードはインデペンデント通信社のIDカードで、そのチェックをすりぬけた。

関係者用の駐車場でエアカーから降り、壮麗に飾られたホールの玄関をくぐった。記者席に向かう。壁の中ほどにバルコニーのように張りだしている中二階が、その席であった。一階で繰り広げられるであろう首脳会議の様子が、一望できる特等席だ。すでにカメラが備えつけられ、スタッフが忙しく立ち働いている。

首脳は、その多くがもう自分のシートに着いていた。ただし、会議はまだはじまっていない。メイ・アレクサンドラも、ド・テオギュール主席の到着も、しばらく先のことだ。

バードは記者席に置かれていたプレス用資料を手に把《と》って読んだ。中にスケジュール表が入っている。開会式までは、まだ一時間ほど余裕があった。にもかかわらず首脳のほとんどがここにきているのは、開会式以前のプログラムがいくつか用意されているためだ。

開会式前のプログラムのトップは、ベルガブリエフ幕僚総長による講演『連合宇宙軍の戦術思想』であった。

こいつは曲者《くせもの》だな。

バードは、そう思った。クーデターの黒幕のひとりが、会議の基調講演を受け持つ。これは、実に怪しい。

音楽が流れた。

　ふだんはオペラハウスとして使われているのだろう。音響効果がすばらしい。流れる音楽は、みごとなハーモニーを響かせ、この広大なホール全体をしっとりと満たす。静かな、それでいて妙に心に残る曲だ。

　その曲が終わった。

　ベルガブリエフ幕僚総長の講演時間となった。

　何もできない。

　バードは唇を噛んだ。武器は身体検査の様子を見て、持ちこむのを諦めた。いや、武器どころではない。小型の通信機ひとつ忍ばせることができなかった。クルーがかつぐ録画装置とその付属パーツの持ちこみは許されたが、これは通信社の人間に化けるための小道具だから、実際の役には、かけらも立たない。

　結局、俺は事件の目撃者となるためだけに、ここへきたのか。

　そんな自嘲まじりの考えが意識に浮かんだ。死を賭《と》して、戦っているはずのジョウが、なぜかうらやましく思われた。

　ベルガブリエフがあらわれた。演壇にあがった。

　ホール内が薄暗くなった。場内が、しんと静まりかえった。

　客席を一瞥《いちべつ》し、ベルガブリエフが口をひらく。

「ご来場の首脳諸君！」

いきなり、そう切りだした。場内がざわついた。その傲岸《ごうがん》な物言いに、誰もが驚いた。

やはり、とバードは合点した。ここでベルガブリエフは、そのヴェールを脱いだ。

「わたしは、きょうここで画期的な演説をおこなう」ベルガブリエフは場内の騒ぎなど一顧《いっこ》だにせず、言葉をつづけた。

「それは、銀河系の将来と、その政治体制のありかたについてである」

「ふざけるな！」

野次がどこからか飛んだ。ベルガブリエフは、それに応じた。

「おとなしく聞いてはいただけないようだな」声がしたほうを鋭く睨んだ。

「やりたくはないが、静聴していただきたいので、ちょっと強権を発動させてもらう」

指を鳴らした。

しばし、間があいた。

何も起きない。予定と違う。本来なら、この指の音を合図に、ここでギランの兵士がどやどやと会場内になだれこんでくるはずだ。

ベルガブリエフはあせった。

指を連続して鳴らした。が、それでもなお、かれの期待する動きは、まったく起きなかった。

ややあって。

ひとりの人間が、舞台の袖《そで》からゆっくりと登場した。

これは筋書にない人物だ。ベルガブリエフは、首をめぐらし、その姿を見た。一瞬、とまどいの色をあらわにしたあと、幕僚総長は棒立ちになった。顔から血の気が引いていく。蒼《あお》ざめ、頬が大きくひきつる。

と。

場内に嵐のような拍手が轟然と沸きあがった。

あらわれたのは。

ド・テオギュール主席。

広いホールの中でただ八人の男だけが、目を見ひらいてその様子を凝視していた。ベルガブリエフとバードと六人のクルーだ。あとの者は、なぜプログラムが急遽《きゅうきょ》、変更されたのかをいぶかしみながらも、ただ手を打ちつづけている。

ド・テオギュール主席は両手を挙げ、拍手を制した。

ぴたりとおさまった。

ド・テオギュール主席は壇上に立ち、会場に向かって静かに言葉を発した。

「詳しい事情は、あとでお話しいたします」

幕僚総長に視線をめぐらした。

「いまはまず、みなさまの眼前で、ベルガブリエフ幕僚総長と話をしたいと思っています」

ベルガブリエフの顔色は、紙の白となっていた。全身は凝固し、まばたきひとつしていない。

ド・テオギュール主席は、言を継いだ。

「ミスタ・ベルガブリエフ、もう状況の急変を悟っているはずだ。そう。きみと、きみの友人であるメイ・アレクサンドラ総統が企てた計画は、先ほど頓挫《とんざ》した。きみの連合宇宙軍での友人たちはひとり残らず逮捕され、任を解かれた。また、このメディアに展開していたギラン宇宙軍は、一時間ほど前に完全制圧され、武装も解除された。現在のところ、きみが力と頼むものは何ひとつギランに残っていない。きみは最後のひとりとなった」

そうか！

バードは理解した。それで進入も着陸も、そのいっさいがまったくとがめられなかったのだ。その裏には、こういう事情があった。

「わたしとしては、これ以上の無駄な軋轢《あつれき》をすべて避けたい。このまま、ここで降伏してもらえないだろうか。ミスタ・ベルガブリエフ」

「………」

「どうかな？」

「みごとなものだ」長い沈黙の後に、ようやくベルガブリエフが言った。声が、ひどく震えている。

「俺がマルスからここへくる直前までは、そんな気配は小指の先ほどもなかった。それが、この迅速《じんそく》な処置だ。ただひたすらに感嘆する。だが、その降伏勧告は受け入れられない。なぜなら、俺はまだ少なくとも、逃げることだけは可能だからだ」

ベルガブリエフの足が動いた。足もとにある何かを踏んだ。と同時に、演壇の床が大きくひらいた。ベルガブリエフのからだが、その中に消えた。一瞬の出来事だった。

場内が騒然となった。

バードはクルーをうながし、ホールの外へと飛びだした。エアカーに乗り、猛スピードで〈ドラクーンII〉を駐機させた廃港へと急いだ。こうなったら、一刻も早く〈ドラクーンII〉に乗船する必要がある。

すべてはバードの勘だった。ホールの地下には、どこかの宇宙港につづく高速鉄道とか、そういったものが用意されていたに違いない。ベルガブリエフは、それを使ってどこかの宇宙港に移動し、宇宙船によって国外脱出しようと目論んでいる。

ド・テオギュール主席は、いかにも制空権を握ったような言い方をして、ベルガブリエフにプレッシャーを与えていた。が、それははったりだ。現実はバードが経験したように、敵も味方もすべてフリーパスになっている。この状況では、一目見てギラン宇宙軍の船とわからない限り、拿捕《だほ》することはできない。

それがゆえに、バードはあせった。ベルガブリエフの乗る船を見分け、それを捕まえることができるのは、自分だけだ。そう思っていた。

廃港に戻った。

荒れ放題に荒れた建物の中を全力で走り、地下通路を抜けて、離着床にでた。

「！」

足が止まった。愕然となった。

〈ドラクーンⅡ〉が倒れている。横倒しになり、船体が真ふたつに折れている。

離着床が傷《いた》んでいたからではない。見ればわかる。何ものかが、故意に倒した。それは明らかだ。

周囲を見まわした。

宇宙船の格納庫が大きくひらいていた。その内部がやけに新しい。いや、違う。たしかに新しい。

それで、すべてがわかった。

ベルガブリエフが逃げてきた宇宙港は、ここだ。ここに逃げてきて、隠しておいた宇宙船を発進させた。〈ドラクーンⅡ〉はいきがけの駄賃とばかりに、足まわりをビーム砲で灼き、倒した。こんな廃港に降りるのは宇宙軍のエージェントか、情報部の秘密工作員くらいである。破壊しておくにこしたことはない。

追うすべを失った。

バードは、その場に立ち尽くした。胸の裡《うち》を、無情の風が冷たく吹きぬけていった。

6

メイ・アレクサンドラは、〈クレオパトラ〉の艦橋でヒステリーを起こしていた。失敗する計画ではなかった。百パーセント成功する段取りになっていた。連合宇宙軍の最高幹部と組んで、四年の間、周到に準備をすすめてきたのである。それが、これほどあっけなく瓦解《がかい》するとは、思ってもいなかった。

「閣下」操縦席に着いたギラン宇宙軍の士官が、通話スクリーンでメイ・アレクサンドラに呼びかけた。

「一隻、本船の背後にぴたりとついて、あとを追ってくる船がいます」

「振りきりなさい」

甲高い声で、メイ・アレクサンドラはぴしゃりと言った。

「先ほどから試みておりますが、執拗《しつよう》に食いさがってきます。かわしようがありません」

「お黙りなさい！」耳が痛くなるような金切り声を、メイ・アレクサンドラは発した。

「振りきれというのは命令です。命令には従いなさい」

「はっ」

士官は、やむなく承知した。しかし、相手はタロスの操縦する〈ミネルバ〉だ。ギラン宇宙軍の士官あたりがどうあがこうとも、振りきれるものではない。

「閣下」

またメイ・アレクサンドラを呼ぶ者があった。今度は通信士である。

「またかえ？」

メイ・アレクサンドラは訊き返す。その口調までが、いちいちとげとげしい。

「ベルガブリエフ幕僚総長から、通信が入っております」

「すぐにお寄越《よこ》し！」

声がさらに猛々《たけだけ》しくなった。

ひときわ位置が高い艦長席のコンソールに、ベルガブリエフの通信映像がまわされた。

「ベルガブリエフ！」噛みつくようにメイ・アレクサンドラは怒鳴った。

「宇宙軍が大挙して攻撃してきました。おかげであたしは退却せざるをえません。これ、どういうこと？　あなたのせい？」

「わたしにも、さっぱりわかりません」ベルガブリエフは世にも情けない表情《かお》をつくった。

「〈GG〉にいるはずのド・テオギュールがいきなりホールにあらわれ、わたしを糾弾《きゅうだん》しはじめたのです。しかも、メディアの全ギラン地上軍、宇宙軍も制圧されていました。わたしの受けた衝撃と恐怖が、おわかりになりますでしょうか？」

「そんなもの、あたしの受けた衝撃や恐怖に較べれば、ささいなことです」メイ・アレクサンドラは、にべもなく言い放った。

「このままでは、あたしはあたしの国を失ってしまいます」

「とにかく」と、ベルガブリエフはハンカチを取りだして額の汗を拭き、何度も小刻みにうなずきながら言った。

「ここはいったん引かなければなりません。閣下にしてみれば不本意なことでしょうが、こうなっては運もツキもついてきません」

「何か、あなたにあてがあるのですか？」

ベルガブリエフが下手にでたため、メイ・アレクサンドラの言葉が少しおだやかなものになった。

「これでも連合宇宙軍の幕僚総長です」ベルガブリエフは、この期《ご》に及んでも、まだ虚勢を張った。

「かくまって、世話をしてくれる国家のひとつやふたつ、知らぬわけでもありません」

「けっこうですわ」メイ・アレクサンドラは内心の軽蔑を胸に秘め、婉然《えんぜん》と微笑んだ。「あなたとともに、ここはひとまず身を隠しましょう」

「それがいちばんです」

ベルガブリエフは大仰にうなずいてみせた。どうせ、その手しかないのだ、と思いながら。

「で、どちらで合流しますの？」

メイ・アレクサンドラが訊いた。

「〈クレオパトラ〉の航行データを送ってください。それを見て決めます」

「……………」

メイ・アレクサンドラの白い指が、コンソールのスイッチキーを素早く操作した。

「なるほど」送信されたデータが解析され、スクリーンに表示されるのを見て、ベルガブリエフはつぶやいた。

「三四六六秒後に、ポイント３６２９で、というのはいかがでしょう？」

「承知しました」

メイ・アレクサンドラがうなずき、通信は終わった。女帝の目がレーダースクリーンに戻る。そのときだった。視線がそこに釘づけになった。

「オルダス中尉」

怒りの声が、口からほとばしりでる。

「はっ！」

操縦士が緊張した声で応じた。

「まだ、あの船を振りきってないのですね」

「はっ」

「おまえが我が軍随一のパイロットと聞いて、あたしはおまえを〈クレオパトラ〉に配属したのです。自身の名誉にかけて、あの船を振りきりなさい」

「はっ」

そう言いながら、このパイロットに、あの船は振りきれないとメイ・アレクサンドラは思った。できるのなら、とうにそうしている。この船は無理な加速を禁じている。攻撃もおこなっていない。となれば、ここは振りきれなくとも寛容に振舞うケースだと、内心ではひっそり考えていた。どうせすぐにワープするのだ。あの大きさの船ではワープトレーサーは搭載していないから、そのときに振りきってしまえばいい。

そのころ。

メイ・アレクサンドラとの通信を切って、ベルガブリエフはさらにいらだちを強めていた。

「高慢ちきのくず女め」

あからさまにメイ・アレクサンドラを罵《ののし》った。

ベルガブリエフが逃走に使ったのは、二百メートル級の駆逐艦だった。こんなこともあろうかと、廃港にひそませておいた船だ。

垂直型特有の床が丸い艦橋には、ベルガブリエフと五人のクルー、それに二台のロボットがひしめいていた。クルーはみな、アレクサンドラ記念大ホールの地下に隠されていたリニアモーターカーの中でここ数日を過ごしていた。これらの処置は、すべて万が一をおもんぱかったベルガブリエフの独断である。これを使うときは破滅のとき。かれは自分にそう言い聞かせてきた。だが、本当に使うようになるとは毫《ごう》も思っていなかった。

ベルガブリエフは、しばしメイ・アレクサンドラをあしざまに罵倒して、溜飲《りゅういん》を下げた。それから、どうするかを再考した。

とにかく、いったん逃げる。それしかない。メイ・アレクサンドラをどうするにせよ、逃げたあとで、じっくりと策を練り直すべきだ。これだけの手間と人員を投入した大計画が、あえなく挫折《ざせつ》してしまった。となれば、なまじうかつな策など、弄《ろう》しないほうがましである。

ベルガブリエフは、レーダーを見た。追ってくるものは何もない。ド・テオギュール
は、制空権を握ったかのように言っていたが、事実はまだ穴だらけのザル体制であった。
その気になれば、どのようにでも逃げられる。

ポイント3629が近づいていた。
レーダーに〈クレオパトラ〉が映っている。追っ手かもしれない。そのすぐうしろに、ぴったりとくっつい
ている宇宙船の光点も見える。追っ手かもしれないが、それにしてはみごとな追随ぶり
だ。しかし、メイ・アレクサンドラは僚船がいるなどとは一言も言ってなかった。
通信で訊いてみようかと思ったが、メイ・アレクサンドラと口をきく気にならず、ベ
ルガブリエフはそれをやめた。追っ手ならば、会合のときに始末すればすむ。どうせ、
たいした船ではない。

そして。
ポイント3629に到達した。
スクリーンに映る船影を見て、ベルガブリエフは表情を変えた。背すじを冷や汗が流
れるのが、はっきりとわかった。
なんてやつを連れてきたんだ。と、メイ・アレクサンドラを呪《のろ》った。
あれは、あの凄腕《すごうで》のクラッシャーだ。宇宙軍全力の捜査をくぐり抜けて、ここまでき
た化物だ。あいつの船が、〈クレオパトラ〉を追ってきた。

「1B926！」

ベルガブリエフは転針を指示した。あのクラッシャー、ここで倒さねば、後にさらに大きな禍《わざわい》の種となる。それが、幕僚総長の下した判断だった。ポジションは絶対に有利。いま仕掛ければ、ほぼ確実に仕留めることができる。

大きく船体を反転させ、ベルガブリエフの駆逐艦は〈ミネルバ〉との距離を一気に詰めた。ビーム砲の照準を探る。トリガーレバーは、ベルガブリエフ自身が握った。

照準スクリーン上で光点が重なる。必殺の念をこめ、ベルガブリエフはトリガーボタンを押した。

その刹那《せつな》。

弾かれるように駆逐艦の針路が乱れた。側面噴射だ。命令外で、誰かが姿勢制御ノズルを使った。それが艦をあらぬ角度に動かした。

ビームが漆黒の空間にほとばしる。しかし、予期しなかった側面噴射のため、照準が大幅に狂った。その行手には、〈クレオパトラ〉の白い船体があった。

光条が〈クレオパトラ〉を灼く。純白の肌を無惨に焦《こ》がす。

悲鳴とも絶叫ともつかぬメイ・アレクサンドラの大声が、通信機を通してベルガブリエフの耳朶《じだ》を打った。だが、ベルガブリエフにも何があったのかがわかっていない。

ふいに操縦席あたりで鈍い、くぐもった破裂音が響いた。そして、短い呻き声がそれにつづいた。

「ぐああ」

機関士がシートから伸びあがるように立ちあがった。そのまま、仰向けに崩れる。腹部がベルガブリエフの目に映った。真っ黒に炭化している。

機関士のとなりに、操縦士がいた。レイガンを右手に握り、硬い表情で、ベルガブリエフを凝視している。この男は、そのレイガンで機関士を射殺した。

「大団円がきたようだな」

低くかすれた声で、操縦士はそう言った。

「何をする？　エリオット」

ベルガブリエフが言った。声が震えている。

「俺はエリオットではない」

操縦士は答えた。答えてから、にやりと笑った。

「なんだと？」

操縦士はスペースジャケットの衿から首に指を差し入れ、自分の皮膚をぐいと持ちあげた。顔全面を覆っていた薄いラバーがずるりと剝け、その下からべつの顔が出現した。

「！」

ベルガブリエフは絶句した。

それは恐ろしい顔だった。全体がやけどで激しくひきつれ、変色した皮膚が頭蓋骨にのっぺりと張りついている。一瞥した限りでは、まるで髑髏《どくろ》だ。まぶたも、耳も、唇もない。丸い眼球だけが眼窩《がんか》に残っている。むろん、眉やまつげも存在しない。頭髪だけは、側頭部に少しだけ残っているが、それがかえって、より凄惨な感じをその不気味な顔に与えていた。

「おまえは――」

ベルガブリエフの全身が、汗でべっとりと濡れた。男の持つ異様な迫力が、ベルガブリエフの意識と肉体を鷲摑《わしづか》みにし、その内部に名状しがたい恐怖をじわじわと送りこんでくる。

「俺はフェンネル。といっても、きさまはその名を知らない」

「あ……ああ」

ベルガブリエフはうなずいた。たしかに、聞いたことのない名だ。

「おまえの命令で、闇小隊がロサンゼルス東署を襲ったとき、俺はそこにいた」

「…………」

「あのとき生存者はひとりもいないと発表された。が、それは事実ではなかった。ひとり、俺が生き残っていた。しかし、発表は故意に押さえられた。犯人が全員殺害を目論んでいたとしたら、また狙われる可能性があったから」

「…………」

「俺は右腕、左足を失い、ロボット義肢を装着された。そして、いまの形成外科技術でも癒せないケロイドを全身に隈《くま》なく負って、退院した。それから、俺の復讐の旅がはじまった。俺は闇小隊を見ていた。証言はしなかったが、はっきりとその姿を見ていた。その線から、切れそうな細い糸を必死でたぐり、ここまできた。ベルガブリエフ。おまえが俺をこのようにした。おまえと、メイ・アレクサンドラが俺のすべてを奪った」

「何をする気だ？」

あえぎながら、ベルガブリエフは問うた。

「心中だ」フェンネルはぼそりと答えた。

「俺ときさまとメイ・アレクサンドラ。このおぞましい顔ぶれの三つ巴《どもえ》心中だ！」

フェンネルは笑いだした。甲高い笑い声をけたたましくあげた。その哄笑は、もはや正常な者のそれではない。

だしぬけにフェンネルの右横から航法士が飛びかかった。じっくりと隙をうかがっての行動だった。が、警察で訓練を受けたフェンネルを押さえこむには、あまりにも雑な動きであった。フェンネルはその突進をするりとかわし、レイガンのビームを男の胸にためらうことなく撃ちこんだ。

航法士は胸を黒く灼かれ、床に落ちた。

フェンネルは、笑い声を高く長く響かせた。
駆逐艦は加速七十パーセントで〈クレオパトラ〉に向かい、突進していった。

エピローグ

ジョウは見た。

それは意外な光景だった。

一隻の駆逐艦が〈ミネルバ〉に攻撃を仕掛けてきた。そこまでは予想された動きだった。駆逐艦には、ベルガブリエフが乗っている。ジョウは、そう見当をつけていた。いよいよ追跡を終え、戦闘にはいる潮時だと思っていた。

ところが。

駆逐艦の攻撃は大きくそれ、あろうことか〈クレオパトラ〉を誤射してしまった。そして、今度は、針路を〈クレオパトラ〉に向けた。そのまま、まっすぐに突っこんでいく。

思いもよらない自決であった。〈クレオパトラ〉に近接していたら、その巻き添えを食う。ジョウはあわてて、タロスに回避を指示した。

〈ミネルバ〉が弧を描く。高加速で、〈クレオパトラ〉から離脱する。

つぎの瞬間。

駆逐艦と〈クレオパトラ〉が激突した。

銀河一美しい船が、微塵《みじん》に砕けた。

ふたつの巨大な火球が生まれる。破片が四散し、真紅の炎が球体となって、見る間に膨《ふく》れあがっていく。

衝撃が、宇宙空間を貫いた。

光が失《う》せた。火球が消滅した。

華々しく、あっけない爆発。あとには、深い謎だけが残った。

〈ミネルバ〉は、旋回をつづけていた。闇がその周囲を重く覆っている。

二隻の船があった空間には。

もう何も存在していない。

＊

「なんだ？」

〈GG〉のダンが、通信スクリーンにでた。

「あとで、全部話してくれるって言ってたじゃないか」唇を尖らせ、ジョウはいかにも不服そうに言った。

「いったい何がどうなっていたんだよ」

「どうと言うほどのことではない」ダンは淡々と答えた。

「おまえたちが撮《と》った映像データを再生させたのだ」

「でも、あれは」

「ジョウ。おまえは知らないだろうが」ダンは口の端に薄く笑いを浮かべた。

「ド・テオギュールは、初期開拓時代からのわしの親友だ」

「げ」

「考えてもみろ」ダンは小さくあごをしゃくった。

「あれほど軍が反対したのに、なぜ銀河連合はクラッシャーを雇おうとした？　ド・テオギュールが、クラッシャーのことを熟知していたからだ。そうでなければ、誰もクラッシャーに主席の生命をまかせようとは思わない」

「………」

「バードにエンジンをやられ、わしはフランツ・ヨーゼフ・シュトラウス宇宙港に不時着した。そして、その足でおまえがあらわれたというホーエンランデンベルク城に行った。ド・テオギュールが親友なのだ。もちろんダレンゴートとも、わしは親しい。わしは、おまえたちがなんのためにここまできたのかを考え、残留品のクラッシュパックを調べさせてもらった。そこからデータディスクがでてきた。わしにはすぐ、これを見せたくて、ここまできたのだとわかった。それで、ド・テオギュールと一緒にそれを見た。あとは語る必要もなかろう」

「じゃあ、〈GG〉護衛艦隊の襲撃も、メディアでの人質作戦も……」

「すべて明らかになった。アドキッセン中将が、全力を尽くして捜査した。だから、すべての謀略に完全に手を打つことができた」

当然だろうという口調で、ダンは言った。

「でも、そんな時間の余裕はなかったぜ。〈GG〉は出発間際だったし、クーデター派の軍への工作も、ほとんど終わっていた」

ジョウは納得できない。

「そうでもなかったな」しかし、ダンはジョウの言をあっさりといなした。

「たとえば、カリストの上級士官学校に寄るのを中止し、加速も二十パーセントではなく、八十パーセントから九十パーセントで星域外に向かったとしたら、どうなる？」

「……………」

「十時間は優に浮くはずだ。十時間あれば、かなりのことができる。手のあいているクラッシャーも総動員した。〈GG〉の護衛艦隊をギランに送りこむのには少し手間どったが、それも、あせるほどのことではなかった。〈GG〉には主席ではなく、わしが乗ることになっていたし、おまえがやってくることも承知していたからだ。おかげで、最終的には、あそこまで大胆な作戦をとることができた。おまえには感謝しているぞ」

「何か、親父の思いどおりに動かされたみたいだなあ」

「そのとおりじゃないかね、ジョウ」ダンは泰然として言った。

「おまえは結局、わしの思ったそのままの行動から逸脱《いつだつ》することがなかった」

「くっそお」

「腕ききだの超一流だのと世間では言われているようだが、わしの目から見れば、おまえはただのひよっこだ」

「うるせえ！」

ジョウは憤然とし、怒鳴った。いくら相手が父親とはいえ、そうまで言われては、黙っておれない。頰を真っ赤に染め、身を乗りだして言葉を返そうとした。

しかし、振りあげた手は、降ろすところがなかった。

むくれるジョウを尻目に、ダンはさっさと通信を切ってしまっていた。

本書は2002年2月に朝日ソノラマより刊行された
改訂版を加筆・修正したものです。

ダーティペア・シリーズ／高千穂遙

ダーティペアの大冒険

銀河系最強の美少女二人が巻き起こす大活躍大騒動を描いたビジュアル系スペースオペラ

ダーティペアの大逆転

鉱業惑星での事件調査のために派遣されたダーティペアがたどりついた意外な真相とは？

ダーティペアの大乱戦

惑星ドルロイで起こった高級セクソロイド殺しの犯人に迫るダーティペアが見たものは？

ダーティペアの大脱走

銀河随一のお嬢様学校で奇病発生！　ユリとケイは原因究明のために学園に潜入する。

ダーティペア　独裁者の遺産

あの、ユリとケイが帰ってきた！　ムギ誕生の秘密にせまる、ルーキー時代のエピソード

ダーティペア・シリーズ／高千穂遙

ダーティペアの大復活
ユリとケイが冷凍睡眠から目覚めたら大変なことが。宇宙の危機を救え、ダーティペア！

ダーティペアの大征服
ヒロイックファンタジーの世界を実現させたテーマパークに、ユリとケイが潜入捜査だ！

ダーティペアFLASH 1 天使の憂鬱
ユリとケイが邪悪な意志生命体を追って学園に潜入。大人気シリーズが新設定で新登場！

ダーティペアFLASH 2 天使の微笑
学園での特務任務中のユリとケイだが、恒例の修学旅行のさなか、新たな妖魔が出現する

ダーティペアFLASH 3 天使の悪戯
ユリとケイは、飛行訓練中に、船籍不明の戦闘機の襲撃を受け、絶体絶命の大ピンチに！

次世代型作家のリアル・フィクション

スラムオンライン
桜坂　洋

最強の格闘家になるか？　現実世界の彼女を選ぶか？　ポリゴンとテクスチャの青春小説

ブルースカイ
桜庭一樹

あたしは死んだ。この眩しい青空の下で——少女という概念をめぐる三つの箱庭の物語。

サマー／タイム／トラベラー1
新城カズマ

あの夏、彼女は未来を待っていた——時間改変も並行宇宙もない、ありきたりの青春小説

サマー／タイム／トラベラー2
新城カズマ

夏の終わり、未来は彼女を見つけた——宇宙戦争も銀河帝国もない、完璧な空想科学小説

零　式
海猫沢めろん

特攻少女と堕天子の出会いが世界を揺るがせる。期待の新鋭が描く疾走と飛翔の青春小説

コミック文庫

イティハーサ〔全7巻〕
水樹和佳子

超古代の日本を舞台に数奇な運命に導かれる少年と少女。ファンタジーコミックの最高峰

樹魔・伝説
水樹和佳子

南極で発見された巨大な植物反応の正体は？　人間の絶望と希望を描いたSFコミック5篇

月虹―セレス還元―
水樹和佳子

「セレスの記憶を開放してくれ」青年の言葉の意味は？　そして少女に起こった異変は？

エリオットひとりあそび
水樹和佳子

戦争で父を失った少年エリオットの成長と青春の日々を、みずみずしいタッチで描く名作

約束の地・スノウ外伝
いしかわじゅん

シリアスな設定に先鋭的ギャグをちりばめた伝説の奇想SF漫画、豪華二本立てで登場！

著者略歴　1951年生，法政大学社会学部卒，作家　著書『ダーティペアの大冒険』『ダーティペアの大復活』『ダーティペアの大征服』（以上早川書房刊）他多数

HM=Hayakawa Mystery
SF=Science Fiction
JA=Japanese Author
NV=Novel
NF=Nonfiction
FT=Fantasy

クラッシャージョウ⑤

銀《ぎん》河《が》帝国《ていこく》への野望《やぼう》

〈JA946〉

二〇〇九年一月二十日　印刷
二〇〇九年一月二十五日　発行
（定価はカバーに表示してあります）

著者　高《たか》千《ち》穂《ほ》遙《はるか》
発行者　早川浩
印刷者　矢部一憲
発行所　株式会社　早川書房
郵便番号　一〇一 - 〇〇四六
東京都千代田区神田多町二ノ二
電話　〇三 - 三二五二 - 三一一一（大代表）
振替　〇〇一六〇 - 三 - 四七七九九
http://www.hayakawa-online.co.jp

乱丁・落丁本は小社制作部宛お送り下さい。
送料小社負担にてお取りかえいたします。

印刷・三松堂印刷株式会社　製本・株式会社明光社

ISBN978-4-15-030946-6 C0193